9356

RÉFLEXIONS

PHILOSOPHIQUES ET LITTÉRAIRES

SUR LE POËME

DE

LA RELIGION

NATURELLE

À PARIS,

Chez Jean-Thomas Hérissant, Libraire,
rue S. Jacques, à S. Paul & à S. Hilaire.

MDCCLVI.

Avec Approbation, & Privilége du Roy.

PRÉFACE.

L'Auteur du leger Ouvrage que l'on préfente au Public, n'eſt ni Théologien, ni Critique : c'eſt un homme de Lettres, qui expoſe ſon jugement ſur un ouvrage de littérature, ſans flatterie, ainſi que ſans aigreur : c'eſt un Chrétien qui défend ſa Religion avec zèle, mais ſans fanatiſme. En combattant un grand génie, il rend hommage à ſes talens ; il plaint ſes erreurs, & reſpecte ſa perſonne. Son cœur n'eſt empoiſonné ni par l'envie, ni par l'affreux ſentiment de la haine. Ami des beaux Arts,

PRÉFACE.

tous ceux qui les cultivent, lui font chers; il les préfère à tous les autres hommes, & la Vérité seule à eux. Il est persuadé qu'un esprit nourri par les Lettres, ne doit jamais se laisser infecter par ces sentimens indignes qui flétrissent les ames rampantes du Vulgaire: il a en horreur ces insectes de la littérature, dont on n'apperçoit la misérable existence, que par leur piquure empoisonnée; qui affichent sans cesse dans des Ouvrages aussi méprisables qu'eux - mêmes, la noirceur de leur esprit, & la bassesse de leur cœur. Il n'a jamais vû qu'avec les sentimens de l'indignation, ces

PRÉFACE.

Libelles fatyriques, archives du menfonge & du mauvais goût, que la malignité humaine lit avec fureur dans le premier inftant, & que le mépris condamne à un oubli éternel, dans le fecond. Il détefte fur-tout ce facile & malheureux talent de préfenter fous les traits du ridicule, les chofes qui portent l'empreinte du génie : talent déplorable qui avilit celui qui s'en fert, & qui affaffine (fi j'ofe parler ainfi) celui contre lequel on en fait ufage. Il eft donc bien éloigné d'imiter ceux qu'il condamne à fi jufte titre ; il ofe fe flatter de ne pas leur reffembler davantage par la ma-

PRÉFACE.

nière d'écrire, que par la façon de penſer. Forcé dans pluſieurs occaſions de combattre le célébre Auteur du Poëme de *La Loi Naturelle*, il a tâché, autant qu'il a pû, de ne jamais ſortir des bornes de la modération, que la bienſéance & l'humanité preſcrivent à tout être penſant. Si par hazard il étoit échappé à ſa plume quelques termes un peu trop forts, & qui puſſent bleſſer M. de V * *, il les déſavouë par avance. Son cœur n'eſt point fait pour haïr; il ſe regarderoit comme malheureux, ſi, par ſa faute, il excitoit la haine de quelqu'un. Pénétré d'un profond reſpect

PRÉFACE.

pour les talens de ce grand homme, il lui rend la justice de croire que le Poëme de *La Loi Naturelle* n'étoit point destiné à voir le jour dans l'état où il a d'abord été imprimé. C'étoit un fruit encore naissant, & qui, ni pour le coloris, ni pour le goût, n'avoit pas encore atteint son point de maturité. C'est en effet ce que M. de V ** nous apprend lui - même par la Préface qu'il a mise au-devant de ce Poëme, dans la nouvelle Edition de Genéve : il y a même fait des corrections qui, pour la partie littéraire, rendent cet Ouvrage beaucoup plus parfait qu'il n'avoit paru

PRÉFACE.

d'abord. Ainſi, l'on eſt obligé d'avertir que pluſieurs fautes qu'on avoit repriſes dans
ce Poëme, ne ſe trouvent plus
dans la derniere Edition. Rien
ne flatte davantage l'Auteur
des *Réflexions*, que de voir
ſon goût juſtifié par celui de
M. de V ** lui - même.

De même qu'on s'eſt atta-
ché, dans ces *Réflexions*, à
éviter l'eſprit de haine, de ſa-
tyre & de calomnie, qui ne
convient qu'aux brigands de
la littérature, on croit auſſi
que l'on ne fera point un re-
proche à l'Auteur, d'avoir ex-
poſé ſon ſentiment avec une
noble liberté, & d'avoir re-
pris tout ce qui lui a paru

PRÉFACE.

répréhensible. L'empire littéraire est un état libre, dont
tous les citoyens font égaux.
Ce peuple fier & indépendant
ne reconnoît les loix d'aucun
Despote, qui ait le droit de
commander à ses pensées, &
de lui arracher des hommages ; & y eût-il un thrône élevé parmi les gens de Lettres,
seroit-ce à eux à être courti-
sans, c'est-à-dire, à mettre les
flatteries à la place de la Vérité ? Dans la République Ro-
maine, le dernier des citoyens étoit en droit d'accuser
César, desque *César* étoit coupable.

En composant cet Ouvra-
ge, on n'a point cherché le

PRÉFACE.

trifte & vain plaifir de critiquer. Ce plaifir funefte, fi c'en
eft un, eft prefque toujours
empoifonné par trop d'amer-
tume. Quelque dangereufes
que les fautes d'un homme célébre puiffent être pour le bon
goût & la littérature, on ne fe
feroit point hazardé de les re-
lever, fi c'eût été là l'unique
but de cet Ouvrage. Eh! qu'importe après tout fur le théatre
du monde, qu'un Auteur foit
un peu plus ou un peu moins
parfait ? Ces fciences, cette
littérature, ce bon goût toujours fi vanté & toujours fi peu
connu, tous ces Ouvrages paffagers, alimens frivoles de
nos efprits inquiets, touchent-

PRÉFACE.

ils à des intérêts si sacrés, qu'il faille pour eux sacrifier un seul instant de la douce tranquillité dont on jouit dans la retraite ? Valent-ils la peine qu'un Philosophe inconnu & tranquille s'expose à des haines cruelles que souvent une parole fait naître, & que dans la suite rien ne peut éteindre ? On auroit donc gardé le silence sur ce Poëme imparfait & brillant, si la Religion attaquée n'eût demandé un défenseur. Cette Religion auguste, qui présente à nos esprits des vérités éternelles & des intérêts si grands, gémissante aujourd'hui & presque foulée aux pieds, trouve par-tout

PRÉFACE.

les talens & les Lettres armés contr'elle. L'humanité qui n'eſt grande que par la Religion, réunit tous ſes efforts pour briſer elle même le ſeul appui qui la ſoutienne. Quel eſt donc l'eſpoir frivole de tous ces hommes audacieux ? Leurs efforts ſont impuiſſans : ce tronc ſacré peut être courbé par l'orage ; mais appuyé ſur des racines inébranlables, il ne peut jamais être renverſé. De nouvelles attaques ne font qu'annoncer de nouvelles victoires.

RÉFLEXIONS

REFLEXIONS

PHILOSOPHIQUES ET LITTÉRAIRES

SUR LE POEME

DE

LA RELIGION

NATURELLE.

✦✦✦✦✦✦✦✦✦✦✦✦✦✦✦✦✦✦✦✦✦✦✦✦✦✦✦✦✦✦✦✦✦✦✦✦✦✦✦

INTRODUCTION.

ORSQU'ON attaque la Patrie, tout Citoyen devient soldat : lorfque la Religion eft combattue , tout Chrétien doit s'armer pour la défendre. C'eft aujourd'hui ce que j'entreprends de faire. Du fein de mon obfcurité , j'ofe élever

A

ma voix : quoique foible & inconnue , je la confacre à la Vérité. Jamais cette Vérité fainte n'eut plus befoin d'un vengeur. Le Poëme de *la Religion Naturelle* eft un de ces Ouvrages dangereux qui piquent la curiofité du Public par la célébrité de leur Auteur , & qui peuvent féduire les efprits foibles par les vaines lueurs d'une raifon auffi fuperbe que trompeufe. Cet Ecrivain brillant & fameux, qui, depuis quarante ans , fatigue fon génie pour nous arracher des applaudiffemens que fouvent l'envie, & quelquefois la raifon , lui ont refufés, a ranimé les étincelles de fon feu mourant , pour nous donner ce nouveau Poëme.

Jamais fiécle ne fut plus favorable pour un tel Ouvrage. Nos ayeux groffiers, ridiculement efclaves de je ne fçai quel refpect pour la foi de l'Eglife, s'imaginoient que la Religion n'étoit point arbitraire, & que ce n'étoit point affez d'être Citoyen, qu'il falloit encore être Chrétien. Pour nous, qu'une heureuse fatalité avoit deftinés à vivre dans le fiécle de la raifon, nous avons perfectionné le grand Art de penfer. Nous laiffons le Vulgaire imbécille vivre dans l'ignorance & mourir dans la fuperftition. Ces efprits foibles font faits pour obéïr & pour croire : graces à l'efprit Philofophique qui circule dans ce fiécle, nous avons reconnu les erreurs des Auguftins, des Bafiles, des Chrifoftômes ; nous plaignons l'aveuglement des Pafcals, des Boffuets, des Bourdaloues, qui, fi près du fiécle de la lumiere, ont été cependant enfevelis dans la nuit funefte, dont l'efprit humain a été couvert pendant feize fiécles. Les myftères que ces prétendus grands-hommes avoient eu la fimplicité de croire, ne font plus capables d'en imposer à notre raifon. L'autorité de la Révélation, cette autorité puiffante qui écrafe l'orgueil de l'efprit humain, n'eft plus qu'un joug importun dont s'eft affranchi le Sage, & qui n'eft deftiné qu'à effrayer des enfans & des femmes. L'Indien, adorateur de Brama ; le Chinois, difciple de Confucius ; le Guebre, fectateur de Zoroaftre ; le Tartare, partifan aveugle d'une aveugle fatalité ; le Sauvage égaré dans les forêts, fans Temple & fans Autel ; le Bonze auftére, le Juif vagabond, le ftupide Mufulman, le Proteftant & le Catholique, font tous également agréables aux yeux de l'Etre fuprême, pourvû qu'ils ayent ce phantôme de juftice qui confifte à obferver les devoirs extérieurs de mari, d'ami, de citoyen & de pere.

Voilà la morale, voilà la religion des Philosophes & des esprits sublimes de notre siécle. Déja ces principes retentissent de toute part. Un art perfide & dangereux les insinue dans la conversation. Les charmes empoisonnés d'une trop funeste éloquence les colorent & les embellissent dans les Ouvrages qui paroissent. C'est un poison qui se répand avec fureur dans le corps de la société. Long-tems, comme un fleuve souterrain, il a coulé dans les ombres de la nuit ; enfin il s'échappe & se produit au grand jour. Quelqu'un qui auroit suivi tous les progrès de ce fatal systéme, pourroit dire :

J'ai vû naître autrefois l'affreux Déisme en France ,
Faible, marchant dans l'ombre, humble dans sa naissance,
Je l'ai vû sans support & caché dans nos murs
S'avancer à pas lents par cent détours obscurs :
Enfin mes yeux ont vû du sein de la poussiere
Ce fantôme effrayant lever sa tête altiere ,
Fouler les Livres Saints , insulter aux Mortels ,
Et, d'un pied dédaigneux , renverser les Autels.

Homere avoit confacré dans fes Poëmes la Religion de fon pays & les dogmes abfurdes de la Mithologie payenne. Moïfe & David, dans des Cantiques pleins de la plus fublime poëfie, avoient célébré la Religion des Hébreux & la grandeur du Dieu véritable. Les Nations les plus féroces ont eu des efpèces de cantiques harmonieux, dans lef-quels ils célébroient leurs bar-bares divinités. Parmi nous, le fils du grand Racine, rival de fon pere par le génie, plus grand que lui par l'ufage de fes talens, a ramené la poëfie à fon augufte origine; & dans un Ouvrage im-mortel a confacré, par le grand Art des vers, le triomphe de la Religion Chrétienne. Aujourd'hui Mr de V * * ranime fa voix languiffante & prefque éteinte, pour chanter *la Religion Natu-relle*; cette Religion qu'une or-

gueilleuſe Philoſophie voudroit
élever ſur les débris de l'auguſte
Religion de nos Peres.

Je ne prétends point accuſer l'Auteur de n'avoir compoſé ce Poëme
que pour défendre le Déiſme.
Sans doute la premiere intention
du Poëte a été de retracer ſeulement aux yeux des hommes cette Loi éternelle & ſacrée que la
main de l'Etre ſuprême grave en
naiſſant dans tous les cœurs ; cette Loi qui eſt la même dans tous
les ſiécles & dans tous les climats ; cette Loi qui enchaîne également à ſon joug , & le Philo-
phe, qui, fier de ſa raiſon, ſe
place à côté de Dieu-même, &
ces Etres groſſiers, automates vé-
gétans, qui meurent ſans avoir jamais penſé. Mais en traitant ce
grand ſujet, le génie du Poëte,
nourri des maximes Anglaiſes,
& plein des idées de tolérance,
s'eſt abandonné à une liberté eſ-

frénée de penfer & de dire les chofes les plus dangereufes.

Je ferai donc quelques réflexions fur les idées de ce Poëme hardi & fingulier : j'examinerai la liaifon de fes parties , fes principes, fes raifonnemens ; & comme dans tous les ouvrages de cet Auteur, la maniere de dire les chofes ne fixe pas moins l'attention que le fonds des chofes-mêmes , je hazarderai quelques remarques fur la vérfification , & je tâcherai de mettre ceux qui n'ont point lû cet Ouvrage en état de juger & du Philofophe & du Poëte.

Je fçai qu'il n'appartient point à un Peintre vulgaire d'ofer juger les Tableaux de Raphaël ou du Corrége. Mais auffi je fçai qu'il n'y a qu'un âge favorable au génie , & que femblable à ces fruits qui demandent à être échauffés par un foleil brûlant , & qui dé-

générent dans les climats du
Nord, la Poëfie a befoin de la
boüillante ardeur du premier âge,
& ne fait plus que languir parmi les glaces de la vieilleffe. Celui
que j'attaque, ce n'eft point l'Auteur d'Œdipe, chef-d'œuvre de
verfification & de poëfie, l'Auteur de la Henriade, de Brutus,
d'Alzire, de Mérope, des deux
premiers Actes de Mahomet, des
beaux morceaux de Semiramis &
des lambeaux admirables répan-
dus dans les quatre premiers Actes d'Orefte : c'eft l'Auteur du
Poëme de *la Religion Naturelle*, ouvrage où Mr de V * * eft
autant inférieur à lui-même, que,
dans la plûpart de fes autres ouvrages, il eft au-deffus des poëtes
de fon fiécle. Le génie de cet
homme célébre eft un volcan,
qui, après avoir pendant long-
tems lancé des tourbillons d'une
flamme vive & brillante, ne jette

plus aujourd'hui que de foibles
étincelles, obfcurcies par beaucoup de cendres qui s'y mêlent.

Ce Poëme eft compofé de quatre chants, & précédé d'une Epître au Roi de Pruffe. Les deux premiers chants font les feuls qui
parlent de la Religion Naturelle.
Les deux derniers font des parties
épifodiques de ce tout bizarre-
ment compofé. Des lieux com-
muns ufés, des railleries froi-
des, quelques comparaifons in-
génieufes, un ftile hardi, inégal
& découfu, une vérfification quelquefois obfcure, fouvent trop
familiere, & jamais exacte, un
ton dogmatique & impofant, des
fentences éguifées en épïgram-
mes, quelques détails admirables:
voilà, fi je ne me trompe, ce que
tout Lecteur impartial & fenfé
trouvera dans ce Poëme, s'il veut
fe donner la peine d'en faire une
lecture réfléchie.

A l'égard des raisonnemens &
de la liaison qu'ils ont entr'eux,
pour mettre tout le monde en
état d'en juger , je vais tracer
une analyse exacte des quatre parties de ce Poëme & de l'Epitre
qui les précéde. Ce n'est qu'en
dépouillant un ouvrage des or-
nemens qui l'embellissent, que l'on
parvient à bien connoître sa véritable solidité & son mérite réel.
Pour juger des traits d'un visa-
ge , il faut ôter ce fard étranger
qui le couvre & qui en voile les
défauts. Et dans tout ce qui est
du ressort de la raison , on ne
peut trop prendre de précautions
pour écarter les pieges séducteurs
que nous tend l'imagination , en
cherchant à nous éblouir par des
fleurs, lorsqu'il faudroit nous con-
vaincre par des raisonnemens.

ANALYSE
de l'Epitre au Roi de Prusse.

O Vous qui êtes en même tems guerrier, Roi & Philosophe, affermissez mon ame contre le préjugé. Tâchons, s'il se peut, d'éclairer l'Univers plongé dans l'erreur. Je me souviens que notre premiere étude fut Horace & Boileau. On trouve dans leurs écrits quelques bons traits de Morale. Pope, beaucoup plus profond, est le seul qui apprenne à l'homme à se connoître. Les objets dont Horace & Boileau nous occupent sont trop petits pour vous. Vous voulez connoître votre ame & ses devoirs : voyons ce qu'on peut sçavoir là-dessus.

ANALYSE DU POEME.

PREMIERE PARTIE.

ECARTONS d'abord tout fyftème. Examinons l'homme dans fon propre cœur. Soit que Dieu ait créé l'Univers de rien , foit qu'il n'ait fait qu'arranger une matiere éternelle ; que l'ame foit matérielle ou qu'elle ne le foit pas, vous êtes foumis à ce Dieu. Mais quel culte exige-t-il de vous ? Quel eft le peuple qui le connoît & lui obéit ? Eft-ce le Turc , le Chinois , le Tartare ? Leur culte eft différent. Ils fe font donc trompés tous. Mais détournons nos yeux de ces impofteurs : laiffons à part la révélation & les myftères du Chrétien. Cherchons fi Dieu n'a pas parlé par la raifon. La nature a donné

à l'homme tout ce qui lui eſt néceſſaire dans la vie, une ame,
des ſens, une mémoire : il doit
donc auſſi lui avoir donné une Loi
pour le conduire : puiſque c'eſt-
là le plus grand beſoin de l'homme. Oui, Dieu nous a donné
une Loi : cette Loi eſt celle de tout
l'Univers ; elle eſt uniforme dans
tous les ſiécles : la nature l'annonce, & les remords la défen-
dent. C'eſt elle qui fit repentir
Alexandre du meurtre de Clitus.
Elle eſt gravée dans le cœur de
tous les hommes. Ce n'eſt point
nous qui créons ces ſentimens
dans notre ame ; nous ne pouvons ni les former, ni les changer.

SECONDE PARTIE.

HOBBES & Spinoſa prétendent
que les remords ne ſont que l'ef-

fet de l'habitude ; & les idées du bien & du mal, des conventions néceffaires pour le bien de la fociété. Mais d'où nous vient cet inftinct qui nous porte à la fociété ? Les Loix, qui font l'ouvrage des hommes, font fragiles & par-tout différentes. Tout eft arbitraire, excepté la Juftice. Mais cependant la terre eft couverte d'injuftices, de brigandages, d'empoifonnemens, d'affaffinats; hé bien, en faut-il conclure qu'il n'y a point de vertu ? Le crime n'eft que paffager. Nos paffions nous dérobent pour un moment la vûe de nos devoirs : mais, cet orage calmé, nous retrouvons la régle au fond de notre cœur. On infifte, & l'on dit : L'enfant ne connoît point dans fon berceau cette Loi fouveraine. Ses mœurs & fes penfées font les fruits de l'éducation. Il eft vrai, l'exemple a beaucoup d'empire fur nous ; mais il n'influe point fur les premiers principes. Ils font gravés dans nos cœurs par une main divine. Il faut que l'enfant croiffe pour qu'il puiffe en faire ufage. La nature de l'homme n'eft point une énigme fi difficile à expliquer. Nous avons la raifon pour nous éclairer : n'éteignons pas ce flambeau. Ce n'eft point à nous d'ajouter de nouvelles Loix à celles que Dieu nous a données.

TROISIÉME PARTIE.

CHAQUE Peuple fur la terre a fon culte & fa Religion ; le Juif, le Mahométan, le Bramine honorent chacun la divinité par des cérémonies différentes. Les guerres de Religion parmi les Chrétiens ont fait couler plus de fang que les guerres de politique. Si la fuperftition pendant deux
cents

cent ans cauſa tant de ravages chez nos ayeux , c'eſt qu'on vou-lut ajouter de nouvelles Loix aux Loix de la nature. Dans ce ſiécle , graces à la Philoſophie , on eſt moins inhumain. Dans Lisbonne , les Autodafès ſont plus rares. Le Muphti ne prétend plus forcer les Chrétiens de croire à Mahomet ; mais il s'imagine encore que nous ſerons damnés. De ſon côté, le Catholique damne tous ceux qui ne ſont point ſoumis à ſa foi. Quoi donc ! Socrate, Ariſtide, Solon , Trajan , Marc-Aurele, Titus , Newton , Leybnitz , Adiſſon & Loke ſeront-ils dévorés dans des feux éternels , tandis qu'un moi-ne ſera ſauvé ? Ne prévenons point le jugement de Dieu. Re-connoiſſons la vertu de ces hom-mes ſages , & ne les damnons point, puiſqu'ils ne nous ont point damnés. Enfans du même Dieu , vivons en freres. Aidons-nous

B

Contraste insuffisant

NF Z 43-120-14

à fupporter nos maux. Notre vie
eft déja affez malheureufe : n'y
ajoutons point de nouvelles amer-
tumes.

QUATRIÉME PARTIE.

LE premier des devoirs eft
d'être jufte : le premier des biens
eft la paix. Grand Prince , comment parmi tant de Religions &
de Sectes différentes avez - vous
pû maintenir la paix dans vos
Etats? C'eft que vous êtes fage &
maître. Ce fut la foibleffe du dernier Valois qui caufa fa ruine , &
qui préparat l'affaffinat de Henri
IV. Toute faction devient à la fin
cruelle. Le moyen de les anéantir c'eft de les méprifer. Louis
XIV eut la fimplicité de regarder comme importantes les difputes du Janfénifme : en y mê-
lant fon autorité, il ne fit que les

animer davantage. Le Régent les anéantit en les rendant ridicules. Un Jardinier eſt le maître de ſon terrain. Toutes les plantes qu'il cultive lui doivent le tribut de leurs fruits. Malheur à un Etat où il y a des Loix oppoſées les unes aux autres. Le Sénat de Rome & les Empereurs préſidoient également à la Religion & au Gouverment politique. Auſſi parmi les Grecs & les Romains il n'y eut jamais de guerre de Religion. Je ne demande pas qu'un Roi faſſe dans ſa Capitale la fonction d'Evêque. Il faut ſuivre l'uſage de chaque peuple ; mais je ſoutiens qu'un Roi a une égale autorité ſur tous ſes Sujets. L'ouvrier, le marchand, le ſoldat & le Prêtre doivent être confondus par les Loix. Que conclure de tout ceci ? C'eſt que les ſots ſont la dupe de leurs préjugés. Il ne faut point ſe faire la guerre pour de telles

fottifes : l'on doit préférer la paix
à la vérité.

REFLEXION.

Qu'un Philofophe life, & qu'il
prononce. Je trouve d'abord une
Epître où l'on infulte, d'un ton
fuperbe & dédaigneux, aux grands
noms d'Horace & de Boileau.
L'on m'annonce enfuite que l'on
va traiter les vérités les plus grandes & les plus dignes de l'homme : & cette Epître n'eft fuivie
que d'un Poëme parfemé de vers
brillants, & plein d'idées fauffes,
où l'on trouve de tems en tems les
graces d'un Poëte, mais prefque
jamais la raifon d'un Philofophe.
Je crois voir un portique bâti
d'une pierre affez vile, & chargé
des infcriptions les plus faftueufes,
qui me conduit à un palais vafte
mais irrégulier, où l'on voit par
intervalle briller un peu d'or & de
marbre parmi beaucoup de brique

& de plomb. Mais paſſons au détail des vers.

Qui voyez d'un même œil les caprices du Sort,
Le trone & la cabane, & la vie & la mort.

Le ſens du premier Vers eſt défectueux : il faudroit : *qui voyez
du même œil les faveurs & les cruau-
tés du Sort* ; parce que ces mots,
du même œil, demandent deux
choſes oppoſées l'une à l'autre,
comme dans le vers ſuivant.

Trone & *cabane* ne ſont point
grammaticalement oppoſés. C'eſt
palais qui eſt oppoſé à *cabane*.

Le terme de *cabane* eſt aujour-
d'hui peu uſité dans la poëſie noble, quoiqu'employé heureuſe-
ment dans ces vers de Malherbe,
*Le pauvre en ſa cabane où le chaume
le couvre*, &c.

Philoſophe intrépide, affermiſſez mon ame.

L'ame d'un ſi grand homme,
qui pendant quarante ans a combattu avec courage les préjugés du
Vulgaire, a-t-elle encore beſoin
B iij

d'être affermie ? M^r de V * *,
dans un de ses anciens ouvrages,
dit au même Roi de Prusse :

Aidez ma voix tremblante & ma lire affoiblie.

Ce vers me paroîtroit placé fort
à propos à la tête d'un Poeme,
tel que celui-ci.

Couvrez moi des raïons de cette pure flamme
Qu'allume la raison , qu'éteint le préjugé.

1. Des raïons éclairent, échauf-
fent , pénétrent , mais on ne dit
pas que des raïons *couvrent* quelqu'un.

2. L'on dit des raïons de *lumiere* : je ne crois pas qu'on ait
encore dit des raïons de *flamme*.

3. *Les raïons d'une flamme que
le préjugé éteint & que la raison
allume* renferment une certaine
obscurité pompeuse qui ne mes-
sied pas à un grand génie sûr de
sa réputation.

Nos *premiers* entretiens , notre étude *premiere*
Étoient , je m'en souviens , Horace avec Boileau.

Citer ces deux vers, c'est en

faire la critique. La répétition de *premiers* & *premiere* eſt déſagréable à l'oreille. *Je m'en ſouviens*, eſt un rempliſſage inutile & commun. Le dernier vers, outre qu'il choque par la monotonie, eſt proſaïque & languiſſant.

Quelques traits échappés d'une utile morale,
Dans leurs piquants écrits, brillent par intervalle.

Ces deux vers ſont harmonieux & poëtiques : le méchaniſme en eſt heureux. Mais quel arrêt foudroyant porté contre Horace & Boileau ! Ces deux hommes regardés juſqu'ici comme les précepteurs du genre humain, les chantres de la raiſon, & les légiſlateurs de la Société : l'un Poëte enjoüé, Philoſophe agréable & délicat ; l'autre Ecrivain ſolide, Poëte raiſonnable, Cenſeur inflexible : les voila condamnés à n'avoir dans leurs ouvrages que quelques traits de morale ſemés de diſtance en diſtance, & com-

B iv

me échapés par hazard. Quelque poids qu'ait l'autorité de notre Poëte, il n'eft point à craindre que ce jugement devienne contagieux.

Il porta le flambeau dans l'abîme de l'Etre.

Abîme de l'Etre. Cette expreffion reffemble à ces nuages colorés & brillants, qui éblouiffent, mais qui n'ont point de confiftance. Laiffons à l'imagination angloife, ou à l'enthoufiafme oriental ces expreffions qui peut-être ont un faux air de fublime, mais qui ne conviennent point au naturel & à la clarté de notre langue. Notre Auteur s'eft déja fervi d'expreffions à peu près femblables dans des vers fur la Puiffance de Dieu, traduits de Sady, poëte Perfan :

Qu'il parle, & dans l'inftant l'Univers va fortir
Des abîmes du rien dans les plaines de l'Etre.

L'art des vers eft dans Pope utile au genre humain.

Quelles font donc ces vérités

fublimes , fi utiles aux hommes ,
dont Pope nous a donnés des le-
çons. M. Racine dans fa belle Epître à Rouffeau expofe ainfi le fyftême de ce Poëte Philofophe.

Heureux membres d'un tout fagement ordonné ,
Au bonheur général chaque Etre eft deftiné :
Il n'eft point de défordre , & des mains de fon maître :
L'homme eft forti parfait, autant qu'il le doit être :
Tout confpire pour lui , jufqu'aux féditions
Qu'élevent fi fouvent de folles paffions :
Reconnoiffez , ingrats , que leurs fecrets ravages
Vous emportent au bien par d'utiles orages.

Ainfi, felon Pope, tout eft bien,
foit dans l'ordre Phyfique, foit
dans l'ordre moral. Tous les Etres
qui compofent cet Univers , forment une chaîne immenfe , dont
le premier anneau tient à Dieu ,
& defcend enfuite par dégrés jufqu'à la derniere créature. Il y a
une gradation de perfections entre tous les Etres créés qui compofent les différens anneaux : &
l'homme fe trouve juftement placé dans le dégré où il doit être.

Quelle peut être pour le genre humain l'utilité de ces fpéculations fublimes ? C'eft de lui apprendre à fecoüer le joug de la Révélation qui nous enfeigne que l'homme eft déchû du premier état de grandeur pour lequel il étoit né : que bien loin d'être parfait, il ne fait plus que traîner dans la baffeffe & dans le crime les débris de fa premiere nature : que le défordre phyfique & moral, les fléaux deftructeurs, les paffions tyranniques, l'ignorance & la mort devoient être inconnus fur la terre, où ils n'ont été amenés que par le crime : qu'enfin l'ordre interrompu ne fera retabli que dans un monde nouveau, lorfque le torrent des âges & des fiécles, à force de rouler, aura enfin amené l'inftant irrévocable, marqué pour la deftruction de notre globe.

Que m'importe en effet , que le flatteur d'Octave

Parafite difcret, non moins qu'adroit efclave,

En profe mefurée infulte à Latius ?

1. Horace n'est pas bien dési-
gné par le titre injurieux de *flatteur d'Octave*. Il n'est point le seul
qui ait prodigué des éloges à cet
heureux tyran. Virgile dans ses
Géorgiques avoit eu la foiblesse
de donner le titre de *Dieu* à cet
usurpateur qui fut long-tems, le
plus méchant des hommes :

Tuque adeò quem mox, quæ sint habitura Deorum
Concilia, incertum est ; urbes ne invisere Cæsar,
Terrarumque velis curam, &c.

Ovide encore plus lâche dans
ses malheurs, prodigua cent fois
l'encens devant l'idole qui l'avoit
écrasé.

2. Dans quels mémoires inconnus au reste de la terre, notre Auteur a-t-il trouvé qu'Horace joüât
dans Rome le rôle flétrissant de pa-
rasite ? Il est injuste de juger des
grands génies de l'Antiquité ,
par quelques modernes aussi mé-
prisés que méprisables.

3. Le second vers est dur, &

la conſtruction en paroît gênée.

4. Qu'Horace ait été flatteur, paraſite & eſclave, quels rapports ces titres ont-ils avec les inſultes qu'il a faites à Latius ?

5. Le nom obſcur de Latius paroît mal choiſi, & n'eſt point aſſez connu pour qu'il puiſſe déſigner clairement les ſatyres d'Horace, où peut-être il ſe trouve une fois par hazard, ſi même il s'y trouve.

Que Boileau repandant plus de ſel que de grace.

Cette critique de Boileau eſt déplacée dans cet endroit où il s'agit uniquement des matieres qu'ont traitées les poëtes, & non de la maniere dont ils les ont traitées. D'ailleurs, la fin de ce vers eſt très-dure à prononcer. Où eſt ce nombre, cette harmonie enchantereſſe qui nous charmoit autrefois dans les vers de M^r de V * *.

Qu'il peigne dans Paris les triſtes embarras.

1. On diroit bien peindre les embarras de Paris ; mais je doute qu'on puiſſe dire, *peindre les embarras dans Paris.*

2. *Embarras* eſt un mot proſaïque qui ne me paroît point convenir à une poëſie noble.

3. Que ſignifie ici l'épithete de *triſte* ?

Voyons *ſur ce* grand point *ce qu'on* a pû ſçavoir ,
Ce que l'erreur fait croire aux Docteurs du Vulgaire,
Et ce que vous inſpire un Dieu qui vous éclaire.

Ces trois vers me paroiſſent languir : on peut les appeller *une proſe meſurée* , ainſi que les trois quarts de cette Epître. Il n'y a guères que les dix premiers vers où l'on trouve l'ame d'un poëte , cette ame créatrice , qui , ſemblable à Prométhée , doit animer du feu divin l'argile même la plus groſſiere.

PREMIERE PARTIE DU POEME.

Et pour nous élever, descendons en nous-mêmes.

Descendre pour s'élever : jeu de mots puerile & froid. Au reste, le badinage n'est que sur les mots : car, dans le fonds, la pensée est très-juste.

Soit qu'un Etre inconnu, par lui seul existant,
Ait tiré, depuis peu, l'Univers du néant.

Dérangez la mesure ; s'apper-cevra-t-on que ce sont-là deux vers. *Depuis peu* pourroit peut-être passer pour remplissage, s'il ne faisoit anthithese avec *éternelle* qui est dans le vers suivant.

Soit qu'il ait arrangé la matiere éternelle,
Qu'elle nage en son sein, ou qu'il régne loin d'elle ;
Que l'ame, ce flambeau si souvent ténébreux,
Ou soit un de nos sens, ou subsiste sans eux.

Dans le premier vers, l'exa-ctitude du sens demanderoit, *soit*

qu'il n'ait fait qu'arranger une ma-
tiere éternelle.

Notre Poëte, dans cette tirade, réunit, fous un point de vûe, plufieurs opinions abfurdes & dangereufes fur Dieu, fur le monde, fur la matiere & fur notre ame. Il les propofe comme indifférentes, comme également probables, fans les appuyer, fans les combattre, & comme s'il vouloit en laiffer le choix à fes lecteurs. A quoi fert ici cette vaine & malheureufe oftentation de fcience ? Car je ne foupçonne point un fi grand génie d'adopter de telles opinions. Pour décider fi l'Univers a été créé de rien, ou fi la matiere eft éternelle, un Chrétien n'a qu'à confulter la Révélation, un Philofophe à interroger fa raifon. L'une lui prouvera facilement l'abfurdité d'une matiere éternelle : l'autre lui préfentera le tableau de l'Univers fortant des abîmes du

néant au son puiffant de la parole
de Dieu.

Qu'elle nage dans fon fein, ou qu'il régne loin d'elle

Que veulent dire ces expreffions : *foit que la matiere nage dans
le fein de Dieu ; foit que Dieu
régne loin de la matiere ?* Ce vers
très - obfcur par lui - même, ne
peut avoir que deux fens. Ou le
Poëte, dans le premier hémiftiche, a voulu déguifer, fous le
voile ténébreux de ces expreffions,
le monftre du Spinofifme, & dans
le fecond, défigner le fentiment
oppofé à cet affreux fyftême : &
alors le fecond hémiftiche fera
entierement faux ; puifque ceux
qui combattent le Spinofifme ne
difent point que Dieu, dans le
cercle de fon immenfité, n'em-
braffe point la matiere, mais feu-
lement que la matiere ne fait point
partie de Dieu, ou peut-être il
a voulu dire fimplement, foit que
la

la matiere foit contenue dans l'immenfité de Dieu, foit qu'elle ne
le foit pas. Mais alors, quel fens
ce vers préfente-t-il ? Et quel eft
le Philofophe, qui, reconnoiffant
un Dieu, ne l'ait point reconnu
immenfe, & engloutiffant tous les
Etres dans cette immenfité ?

Que l'ame, ce flambeau fi fouvent ténébreux,
Ou foit un de nos fens, ou fubfifte fans eux.

Ce dernier vers eft très-obfcur.
Dans quel fens peut-on dire que
l'ame foit un de nos fens ? Le fecond hémiftiche pourroit peut-
être nous aider à deviner ce que
fignifie le premier. L'Auteur n'auroit-il pas voulu dire : *Soit que l'a-
me, comme nos fens, foit dé-
pendante du corps ; foit qu'elle
foit une fubftance diftinguée &
indépendante de la matiere.* Quoi
qu'il en foit, ce vers ne préfente
aucune idée nette. Je crois même

C

qu'il vaut mieux respecter le nua-
ge qui le couvre. Ce Poëte avoit
déja dit dans un de ses anciens ouvrages.

Ce souffle si caché , cette foible étincelle ,
Cet esprit le moteur & l'esclave du corps ,
Ce je ne sçai quel sens qu'on nomme ame immortelle.

Flambeau ténébreux, expression
singuliere & hardie, mais qui,
cependant , n'est point neuve.
Rousseau , en parlant d'un Sauvage, avoit dit ,

Et notre clarté ténébreuse
N'a point offusqué sa raison.

Je remarquerai en passant qu'il
n'y a point eu de siécle où les
hommes aient été si fiers du droit
de penser , & où l'on se soit tant
acharné à décrier & à rabaisser cette partie de nous-mêmes qui pense.
On a sans cesse à la bouche le terme
orgueilleux de *raison*. On prétend
par le secours de cette raison,

fonder les abîmes les plus impé-
nétrables de la nature & de la Religion : & les mêmes perfonnes
nous crient fans cefle que notre
ame n'eft qu'*une foible étincelle*,
un flambeau ténebreux, *un atôme vil & imparfait*. On médite
profondément, pour tâcher, s'il
étoit poffible, de trouver des
rapports entre la penfée & la matiere, entre l'ame de l'homme &
l'inftinct de l'ours ou du cheval.
Ah ! fçachez eftimer votre ame
autant que vous devez eftimer un
fi grand préfent du ciel : ou fi
vous l'aviliffez, du moins conte-
nez-la dans les bornes de la baffeffe à laquelle vous l'avez con-
damnée vous-même.

Quel hommage & quel culte exige-t-il de vous ?

Quel hommage & quel culte, ré-
pétitions fynonimes qui rendroient
languiffante, même de la profe.

De fa grandeur fuprême indignement jaloux

De loüanges, de vœux flatte-t-il fa puiffance ?

C ij

Le Déiste qui voudroit s'affranchir du tribut d'hommages que l'homme doit à la Divinité, cherche jusque dans la majesté de l'Etre suprême des raisons pour autoriser sa superbe indépendance. Il nous crie: Ô hommes qui rampez sur la surface de la terre, avez-vous bien l'orgueil de croire qu'un Dieu si grand s'abaisse à contempler les honneurs frivoles que vous lui rendez ? Qu'importe à sa grandeur suprême & vos foibles hommages & vos vaines louanges ? Et vous & votre globe, & les globes innombrables qui vous environnent, tout, excepté lui-même, disparoit sous la majesté de ses regards. Tel est le langage du Déiste.

Il est vrai que Dieu infiniment grand, infiniment heureux par lui-même, n'a pas besoin des hommages & des loüanges des hommes ; mais il les exige de nous comme

une marque de notre dépendance.
Dieu ne doit rien à l'homme ; &
l'homme doit tout à fon Dieu. Il
nous a tirés du néant ; il a pû nous
impofer telle Loi qu'il a voulu.
Il fut un tems où nous n'étions
pas ; & nous fommes aujourd'hui.
Nous pourrions à chaque inftant
ceffer d'être ; & nous fubfiftons.
Quoi ! Dieu n'a pas jugé indigne
de fa grandeur , de nous créer
& de nous conferver ; & il feroit
indigne de cette même grandeur
d'exiger des hommages de nous ?

Mais quand il n'en exigeroit pas,
nous devrions nous y porter de
nous-mêmes. Nous le devrions,
1°. Par reconnoiffance. Celui qui
a reçu un bienfait, a des devoirs
à remplir envers fon bienfaiteur.
Des enfans font obligés de témoi-
gner leur amour envers leur pere.
Et Dieu n'eft-il pas le bienfaiteur
& le pere commun de tous les
hommes ? Nous le devrions , 2°.

Parceque ce commerce d'hommages & de loüanges qui lie, pour ainfi dire, l'homme avec l'Etre fuprême, qui établit une communication entre la terre & les cieux, honore infiniment l'humanité. L'homme, cet être ambitieux & fuperbe, cherche fans ceffe à s'élever : qu'il apprenne donc que plus il fe rapprochera de Dieu, & plus il fera grand.

Enfin parcourez les annales du monde. Dans tous les fiécles, dans tous les climats où l'on a connu une divinité, il y a eu des Sacrifices, des Autels, des Cantiques facrés, ou quelqu'autre figne extérieur de religion & de culte. Si c'eft un préjugé, c'eft un préjugé univerfel, un préjugé de tous les fiécles, de tous les pays, des nations policées, ainfi que des peuples barbares.

Mais, dit le Déifte, prétendre que Dieu exige de l'homme un

culte, des hommages & des loüian-
ges, n'eſt ce point attribuer à l'E-
tre ſuprême, une vanité miſérable,
un frivole amour pour la gloire, que
nous regardons nous-mêmes comme un vice & comme une foibleffe dans l'homme. Quoi donc ! ſur
ce raiſonnement du Déiſte, irons-
nous renverſer les Temples, briſer les Autels, &, la flamme à la
main, détruire tous ces monumens
ſacrés de la religion des hommes ? Ou bien reconnoîtrons-nous
enfin quelle injuſtice & quelle ſtu-
pidité il y a, de juger ſans ceſſe
de Dieu, c'eſt-à-dire, de l'Etre
infini, éternel & tout puiſſant,
par un être auſſi foible, auſſi borné & auſſi imparfait que l'homme ?

Au ſujet de la gloire, je trouve
deux différences marquées entre
Dieu & l'homme. Ces deux différences prouvent, d'une maniere
évidente, que Dieu peut exiger la
gloire extérieure qui lui revient

des loüanges & des hommages de
ſes créatures ; quoique la recherche & l'amour de la gloire ſoit
une foibleſſe dans l'homme.

1°. Les hommes n'ont aucun
droit à la gloire. S'ils y prétendent,
c'eſt une injuſtice : s'ils ſe la pro-
curent , c'eſt une uſurpation. En
effet , qu'eſt-ce qui pourroit nous
donner quelque droit à la gloire ?
Eſt-ce l'éclat des ancêtres & la
diſtinction du nom ? Mais l'orgueil-
leuſe chimere de la naiſſance eſt
un préjugé utile à l'état , ce n'eſt
point un mérite réel. Son éclat
diſparoit aux yeux d'un Philoſophe
qui compte les vertus & non les
ayeux , & qui n'eſtime jamais un
homme, pour des actions faites par
d'autres. Sont-ce les richeſſes ?
Mais ce n'eſt qu'une décoration
qui embellit la ſurface de notre
être. Si le ſtupide Midas veut que
je l'eſtime , parcequ'il poſſéde
beaucoup d'or , j'eſtimerai donc

auſſi un tonneau rempli de ce même métal : les entrailles de la terre, beaucoup plus riches que Midas, auront encore bien plus de
droit à la gloire. Sont-ce les ſuccès brillans de la guerre ? Mais
ſouvent ces ſuccès ſont injuſtes :
ce ſont des crimes heureux, & les
plus grands Héros ne ſont quelquefois que de grands criminels.
Mais quand ces triomphes ſeroient
fondés ſur la juſtice ; eſt-ce l'homme qui ſe procure à lui-même ces
ſuccès ? Dieu n'eſt-il pas le maître
abſolu des événemens ? N'eſt-ce
pas lui, qui, du haut de ſon Trône, envoïe aux uns la victoire,
aux autres la terreur & la fuite ?
Sont-ce les grands talens de l'eſprit ? Mais ſi ces talens ne ſont
point employés par la vertu, le
vice, en les infectant, les avilit.
Et quand même la vertu en régle-
roit l'uſage, ces talens ſont un
prêt que nous a fait la libéralité

de Dieu. Nous n'avons pû nous les donner : nous ne pouvons les augmenter fans lui. Enfin, qu'eft-ce qui peut nous donner droit à la gloire ? Eft-ce, ce qu'il y a de plus grand fur la terre, je veux dire la vertu ? Mais ce n'eft point dans l'homme qu'elle prend fa fource ; c'eft un écoulement de la vertu infinie, dont l'Etre fuprême nous communique une portion. Il eft donc prouvé que l'homme n'a aucun droit à la gloire, & qu'il ne peut y prétendre fans injuftice. Mais cette gloire appartient à Dieu à très-jufte titre. Toutes les ver-tus & tous les biens prennent leur fource au fein de l'Etre infini & éternel : il a donc à la gloire un droit éternel & infini comme lui-même. Par conféquent, de ce qu'il n'eft pas permis à l'homme de re-chercher la gloire, il ne s'enfuit pas qu'on puiffe dire la même cho-fe de Dieu.

2°. Si l'homme recherche la gloire, c'est par intérêt & par besoin. Inquiet & mécontent, toujours trompé & toujours agité par de nouvelles espérances, emporté sans cesse par les tourbillons rapides de ses désirs, sans jamais trouver aucun point fixe sur lequel il puisse s'appuyer en s'arrêtant, l'homme cherche la gloire, comme un bien utile & nécessaire à son bonheur. Il l'appelle au secours du vuide affreux qu'il éprouve en lui-même ; & se flattant qu'elle sera capable de remplir ce vuide, il la regarde comme un reméde à ses maux & la ressource de ses besoins. Mais il n'en est point ainsi de Dieu. Infini par sa nature, il trouve dans lui-même le souverain bonheur. En se contemplant il est heureux. Toute la gloire extérieure qu'on peut lui rendre, tous les hommages & toutes les loüanges ne peuvent ajouter un seul point à l'immensité de son bonheur. Si donc il exige cette gloire, c'est uniquement parcequ'il est juste, parcequ'il est même nécessaire qu'on la lui rende.

Tout être créé, par la raison seule qu'il est créé, est obligé nécessairement de rendre gloire à l'auteur de son existence. Les créatures insensibles doivent en leur maniere glorifier l'Etre suprême qui les a tirées du néant. Elles n'ont reçu l'être qu'à cette condition. S'il y en avoit une seule qui ne servît point à glorifier Dieu, dès lors même ce seroit une créature inutile & hors d'œuvre. Il seroit impossible qu'elle subsistât; & dans le même instant elle seroit anéantie. Mais toutes ces créatures muettes, ne pouvant élever la voix pour glorifier le Créateur, c'est à la créature intelligente à suppléer à leur silence. * » L'hom-

_____
* Ouvrage des six jours.

» me , ce roi du monde corpo-
» rel , eſt chargé ſolidairement,
» de la part de toutes les créa-
» tures, de s'acquitter en leur nom
» de tout ce qu'elles doivent à
» celui qui leur a donné l'être.
» Il eſt leur ame & leur intelligen-
» ce : il eſt leur voix & leur dépu-
» té : & moins elles peuvent être
» religieuſes par elles - mêmes ,
» plus elles lui impoſent la né-
» ceſſité d'être religieux pour el-
» les « ; & ce n'eſt pas ſeulement
l'eſprit qui doit bénir , remercier,
adorer. Comme dans la nature il
y a deux eſpèces d'être , l'eſprit
& la matiere ; pour que tous les
êtres créés rendent gloire à l'E-
tre Créateur , il faut que la matiere ſoit elle - même aſſociée au
culte & à la religion des eſprits. Il
faut donc que dans l'homme, ce
pontife de l'Univers , le corps par
ſes regards , ſes cantiques, ſes
proſternemens & ſes adorations

entre, avec l'ame, en société de religion & de culte. Sans cette espèce de société, la matiere incapable de rendre par elle-même aucun culte à Dieu, demeureroit muette & ingrate. C'est donc un devoir absolu pour toute créature intelligente de rendre gloire à son Créateur. Si elle s'en abstenoit volontairement, elle seroit par là même très-criminelle. Dieu lui-même, tout-puissant & absolu, ne pourroit l'affranchir de ce devoir, parcequ'une telle créature seroit dèslors un monstre & un assemblage de contradictions. Il y a donc cette différence entre Dieu & l'homme, que l'homme ne peut innocemment rechercher la gloire; & que Dieu, en supposant qu'il y a des êtres créés, ne peut renoncer à cette gloire extérieure, parcequ'elle est essentiellement dûe à sa qualité d'Etre suprême & infini.

Ils lui font tenir tous un différent langage ,
Tous se font donc trompés ?

1. Quelle dureté dans cette foule de monosyllabes réunis ! *ils lui font tenir tous : tous se font donc trompés.* Ce seroit à peine de la prose supportable.

2. Le raisonnement de ces deux vers est faux. Voici ce raisonnement. Il ne peut y avoir qu'une bonne Religion : tous les peuples ont des Religions différentes. Donc aucun peuple n'a la bonne Religion.

La nature a fourni d'une main salutaire ,
Tout ce qui dans la vie à l'homme est nécessaire.

La construction grammaticale du second vers paroit gênée : les expressions en sont prosaïques.

Les ressorts de son ame , & l'instinct de ses sens.

Les ressorts de l'ame & l'instinct des sens, paroissent au premier coup d'œil renfermer quelque

chofe de fingulier & de brillant :
mais vûs de près , ils ne préfen-
tent aucune idée nette : femblables
à ces feux que pendant l'obfcurité de la nuit , on voit de loin briller dans les campagnes , & qui
difparoiffent dès qu'on s'en ap-
proche.

Le Ciel à fes befoins foumet les Elémens.

Mr de V * * a déja mis cette
penfée dans quelques-uns de fes
anciens ouvrages , où elle eft ex-
primée d'une maniere plus poë-
tique & plus brillante. Il a dit ,
en adreffant la parole à l'homme,

Souverain fur la terre , & roi par la penfée ,
Tu parles , & foudain la nature eft forcée :
Tu commandes aux mers , au fouffle des zéphirs.

Et ailleurs ,

Cieux , Terres , Elémens , tout eft pour mon ufage :
L'Océan fut formé pour porter mes Vaiffeaux ,
Les Vents font mes couriers , les Aftres mes flambeaux.

On trouvera peut-être quelques
défauts d'exactitude dans ces vers:
mais

mais le coloris en est brillant , &
la poësie animée du feu de l'imagination.

Dans les plis du cerveau , la mémoire agissante ,
Y peint de la Nature une image vivante.

Comme la comparaison de plu-
sieurs morceaux semblables , trai-
tés par différens Auteurs , sert infiniment à perfectionner le goût ,
je rapporterai quelques vers qui
ont rapport à ceux de M^r de V * *
Le Cardinal de Polignac a dit
dans son antilucrece :

Sic, ubi Res aliquas meditari fortè lubebit ,
Præstò sunt optata mihi simulachra : videndum
Se facilis præbet , sùbitòque arcessitur orbis.
Conspicio simul & cæli fulgentia templa
Et maria & populos , urbesque & viscera terræ.
Qualis , uti perhibent , herbis & carmine diro
Saga potens , erebo pallentes evocat umbras ,
Conveniunt manes , spectacula vana , rogantis
Antè oculos , &c.

Ces vers du Cardinal de Polignac réunissent l'élégance & la
clarté , principal mérite des Poëmes didactiques , où souvent l'on

D

est obligé de sacrifier les orne-
mens de l'imagination à l'austérité
des choses.

Chaque objet de ses sens prévient la volonté;
Le son dans son oreille est par l'air apporté;
Sans effort & sans soin son œil voit la lumiere.

On s'apperçoit que ce sont des
vers que l'on vient de lire, parce qu'heureusement ils ont des ri-
mes. Mais, 1°. Dans quel sens
peut-on dire que *chaque objet pré-*
vient la volonté de nos sens ? Ce
vers présente-t-il à l'esprit une idée
nette ?

2°. *La volonté des sens.* Est-ce
dans les sens ou dans l'ame que
réside la volonté ? Cette expression est-elle juste ? est-elle digne
d'un Philosophe ?

3°. *Le son dans son oreille. Sans*
effort & sans soin son œil. Est-ce
là l'harmonie d'un vers ? est-ce
même la marche coulante d'une
belle prose ?

Les mêmes idées font rendues

sous d'autres images par le Cardinal de Polignac. Voici comme
il s'exprime en parlant de notre
ame :

Denique multiplices annexi corporis artus
Dirigit , arbitrioque potens dominante gubernat.
Nam, quocumque jubet , faciles vertuntur ocelli,
Pesque manusque volant , ad nutum inflectitur omnis
Musculus , ad nutum fermè omnia membra sequuntur.

Sur son Dieu , sur sa fin , sur sa cause première
L'homme est-il sans secours à l'erreur attaché ?

*Sur son Dieu , sur sa fin , sur sa
cause.* 1°. Cette répétition des mêmes monosyllabes réunis & entas-
sés , me paroît choquer l'oreille.
2°. Peut-on dire : *L'homme est attaché à l'erreur sur son Dieu.* Cette phrase est-elle françoise ?

Quoi ! le monde est visible, & Dieu seroit caché ?

Voici donc le raisonnement de
notre Poëte. Le monde est visible : donc il doit y avoir une Loi
naturelle , par laquelle Dieu se
manifeste aux hommes. Il faut
avoir des yeux bien pénétrans

pour appercevoir le nœud fecret qui lie enfemble ces deux pro-pofitions. Sans doute le défaut de raifonnement s'eft ici dérobé aux yeux du Poëte, parcequ'il étoit couvert des voiles brillants de l'antithèfe.

Quoi ! le plus grand befoin que j'aye en **ma** misère
Eft le feul qu'*en effet* je ne puis fatisfaire ?
Non : ce Dieu qui *m'a fait* , *ne m'a pas fait* en vain.

1°. *Dieu m'a fait. Dieu ne m'a pas fait en vain.* Expreffions de converfation qui ne conviennent point au ftile noble d'un Poëme.

2°. *Eft le feul qu'en effet : Dieu qui m'a fait ne m'a pas fait.* Ce retour des mêmes fons dans l'ef-pace de deux vers, choque l'oreil-le , & peut paffer pour une pe-tite négligence dans un fi grand Poëte.

Sans doute il a parlé , mais c'eft à l'Univers :
Il n'a point de l'Egypte habité les déferts :
Delphes , Délos , Ammon ne font pas fes afiles :
Il ne fe cacha point aux autels des Sybilles.

Ces quatre vers, s'ils étoient en-
tendus d'une maniere trop générale, pourroient peut-être avoir
quelque chofe de dangereux. Sans
doute Dieu a parlé à l'Univers entier par l'organe de la Loi naturelle. Elle a pendant quelque-tems
fuffi pour conduire les hommes
qui, voifins encore de la naiffance du monde, & fortis nou-
vellement des mains de l'Artifan
fuprême, n'avoient point encore
altéré les facrés caractères gravés
par la main de Dieu fur cette argile encore récente. Mais cette
Loi primitive a été fuivie de deux
autres Loix dont Dieu eft également l'auteur : la Loi Mofaïque,
gravée fur la pierre, donnée aux
hommes dans l'appareil le plus
terrible & le plus majeftueux, dé-
pofée entre les mains des Hébreux,
alors feuls adorateurs de l'Etre
fuprême : & la Loi fainte, la Loi
pure des Chrétiens, qu'un Dieu

lui-même eſt venu annoncer ſur la terre ; Loi, pour laquelle un Dieu s'eſt fait homme, & qui, des hommes, fait preſque des Dieux. Ces deux Loix n'ont point abrogé la Loi naturelle qui ſubſiſte enco-re, & qui eſt toujours la même ; mais elles l'ont perfectionnée, & y ont ajouté de nouvelles régles & de nouveaux préceptes pour ce qui regarde le culte & les hom-mages que nous devons à la Divi-nité. Ainſi la Religion naturelle eſt aujourd'hui inſuffiſante ; & nous avons envers Dieu, d'autres devoirs à remplir, que ceux auſquels les pre-miers hommes étoient aſſujettis.

Le Déiſte, zélé partiſan de la Religion naturelle, s'attache avec empreſſement au moindre roſeau qui paroit lui préſenter quelque appui. Il prétend que Dieu ſeroit inconſtant, s'il avoit ſucceſſive-ment établi trois Religions ſur la terre. Mais quoi de plus frivole

& de plus infenfé qu'une telle
objection ? En effet, fi ces trois
Religions entrent dans le même
plan de la Divinité ; fi liées enfemble par une chaîne vifible &
marquée, elles ne forment qu'u-
ne feule & même Religion, moins
développée dans un tems, plus
épurée & plus perfectionnée dans
l'autre ; quelle tache de caprice
ou d'inconftance, l'œil du Déifte
peut - il appercevoir dans cette
conduite de l'Etre fuprême ? Il
n'y a rien de plus ancien parmi
les hommes, que la Religion que
profeffe le Chrétien.   L'hiftoire
de fa naiffance eft l'hiftoire de la
naiffance du monde. Sous la Loi
de Nature & fous les Patriarches, fous Moyfe & fous la Loi
écrite, fous David & fous les Pro-
phetes, enfin fous Jefus - Chrift-
même & fous la Loi de l'Evan-
gile, la Religion a toujours été
uniforme : on y a toujours recon-

56 RÉFLEXIONS SUR LE POEME
nu le même Dieu comme Auteur;
le même Chriſt, comme Sauveur
du genre humain : Jeſus-Chriſt,
ou attendu, ou envoyé ſur la
terre, a été, dans tous les tems,
l'objet de l'eſpérance ou du culte
des vrais adorateurs. Il eſt le cen-
tre commun où aboutiſſent & viennent ſe réunir ces trois Religions
qui n'en font qu'une. L'éternelle
Providence, dans tous ces tems
différens, a réglé les différens
états de la Religion, ſur les be-
ſoins des hommes.

Dans les premiers ſiécles, le
monde étant encore nouveau, &
portant, pour ainſi dire, l'empreinte récente des mains du Créateur,
changé, quelque tems après, en
une immenſe ſolitude par la vengeance mémorable du déluge, &
depuis ayant été repeuplé par un
homme juſte, échappé ſeul de la
deſtruction univerſelle : les hommes alors ſi près, de l'origine

des chofes, pour connoître l'unité de Dieu, fes grandeurs & l'adoration qui lui étoit dûe, n'avoient befoin que de la tradition qui s'étoit confervée depuis Adam & depuis Noé. Ils n'avoient à confulter que leur raifon & leur mémoire. La terre encore, pour ainfi dire, toute trempée des eaux vengereffes du déluge, étoit un livre immenfe où étoient écrits en caractères ineffaçables, les devoirs de tous les hommes envers l'Etre fuprême. Mais à mefure qu'on s'éloignoit de l'origine du monde, les hommes confondirent les idées qu'ils avoient reçues de leurs ancêtres. La raifon foible & corrompue, fubjuguée par le pouvoir impérieux des fens, tomba dans l'égarement de l'idolâtrie. Déja cette erreur ftupide s'étoit répanduë chez la plûpart des nations de la terre. Dieu ne voulut point abandonner plus long-tems à la seule mémoire des hommes, le mistère de la Religion & le dépot de la Vérité qui étoit déja si fort altérée par le mélange impur de toutes sortes de fables. Pour donner de plus fortes barrieres à l'idolâtrie qui inondoit le genre humain , & en même-tems pour former son peuple à la Vertu par des loix plus expresses , il grava lui-même sur deux tables de pierre, les préceptes fondamentaux de la Religion & de la Société ; & dicta les autres Loix à Moyse, son interprète & son ministre. Les hommes, dont la raison étoit alors abrutie par les sens, incapables de s'élever par eux-mêmes aux choses intellectuelles, avoient besoin d'être soutenus & réveillés par des récompenses & des châtimens temporels , images & symboles des biens ou des châtimens éternels qui leur étoient destinés après le court espace de cette vie. Il falloit d'abord prendre par les fens ces ames grossieres qui avoient perdu, pour ainsi dire, quelque chose de leur être spirituel & intelligent. Tel étoit le ministère de Moyse; tel étoit l'esprit de sa Loi. Mais, à travers cette foule de préceptes & d'observances légales, le fonds de la Religion des Juifs n'étoit autre chose que l'attente du Messie. Ce grand événement étoit le but de leur espérance, l'objet de leurs vœux, le point fixe où se rapportoient toutes leurs cérémonies & tout leur culte.

Enfin, après que Dieu eut montré assez long-tems à la terre le grand spectacle d'un peuple dont la bonne ou la mauvaise fortune dépendoit de sa religion ou de son impiété, monument admirable de son éternelle providence: après que le genre humain eut assez connu, par une longue & fa-

tale expérience , le befoin qu'il
avoit d'un fecours extraordinaire ;
ce Sauveur annoncé , attendu
& défiré depuis quatre mille ans ,
parut enfin , & fit fuccéder à la
Loi de Moyfe , une Loi plus augufte , moins chargée de cérémonies , & plus féconde en
vertus.

Voici un nouvel ordre de chofes. La terre apprend à concevoir
des idées plus fublimes de la Divinité. Jefus-Chrift propofe à l'Homme les * » profondeurs incompré-
» henfibles de l'Etre divin , la
» grandeur ineffable de fon unité,
» & les richeffes infinies de cette
« nature , plus féconde encore au-
» dedans qu'au dehors , capable
» de fe communiquer fans divifion
» à trois Perfonnes égales ». Il
découvre à nos yeux cette union

---

* Boffuet , *Hift. Univ.* page 254. Edit. in-
4°. 1732.

incompréhensible du Dieu éternel & infini, avec la nature de l'homme; union qui pacifie le ciel & la terre, & qui, en épurant le genre humain, l'associe à la majesté de Dieu. La dignité, l'immortalité & la félicité éternelle de l'ame est montrée aux hommes dans une entiere évidence. Un bonheur immense, inaltérable & sans fin, bonheur proportionné à la grandeur d'un esprit fait à l'image de Dieu, bonheur qui répond & à la majesté d'un Dieu éternel, & aux espérances de l'homme, à qui il a fait connoître son éternité : voilà les récompenses que ce nouveau Législateur vient annoncer aux hommes. Avec ces récompenses, il propose de nouvelles idées de Vertus, des pratiques plus saintes & plus épurées, une Religion qui éleve l'homme au - dessus des sens, qui l'unit à Dieu par l'amour, qui l'arrache à foi-même par la mortification & par la patience. C'étoit à ce Chrift, à cet homme-Dieu qui portoit dans son fein l'éternelle Vérité, c'étoit à lui qu'il étoit réfervé de montrer aux hommes toute vérité, c'eft-à-dire, celle des myftères, celle des vertus, & celle des récompenfes. Tous les tems qui ont précédé fa naiffance, ont fervi à préparer le genre humain à ces vérités fublimes. L'Eglife a toujours eu une tige fubfiftante, dont la racine touche à l'origine du monde. Toute la conduite de Dieu fur la Religion, forme une chaîne admirable, dont les premiers anneaux tiennent aux Patriarches, & fe fuccédent enfuite jufqu'à nous, fans être interrompus. Quel eft donc l'aveuglement du Déifte de ne point appercevoir ce merveilleux enchaînement? ou s'il l'apperçoit, quelle eft fon orgueilleufe ftupidité, d'oſer accuſer Dieu d'inconſtance dans ſes deſſeins ?

Il n'a point de l'Egypte habité les déſerts;
Delphes, Délos, Ammon ne ſont pas ſes aſyles.

Mʳ de V ＊＊ avoit déja mis cette même penſée dans ſa tragédie de *Sémiramis*. *J'ai fait en ſecret*, dit cette Reine :

Conſulter Jupiter, aux ſables de Lybie ;
Comme ſi, loin de nous, le Dieu de l'Univers
N'eût mis la Vérité qu'au fond de ces déſerts.
＊ *Sémiramis*, act. 1. ſc. 5.

On nous donne aujourd'hui peu de penſées qu'on ne trouve dans les anciens Auteurs. Celle-ci tire ſon origine de Lucain. Elle ſe trouve dans le diſcours admirable de Caton, lorſque ce fier Stoïcien refuſe d'entrer dans le temple de Jupiter-Ammon pour le conſulter.

. . . . Non vocibus ullis
Numen eget ; dixitque ſemel naſcentibus Autor
Quidquid ſcire licet : ſteriles nec legit arenas
Ut caneret paucis, merſitque hoc pulvere verum.
Eſt-ne Dei ſedes, niſi terra & pontus & aer
Et cœlum & Virtus.
Lucanus de Bello civili, Liv. 9. verſ. 574.

＊ D viij

Voici la traduction de Brébœuf:

Alors que du néant nous paffions jufqu'à l'être,
Le ciel met dans nos cœurs tout ce qu'il faut connoître.
Nous trouvons Dieu par-tout : par-tout il parle à nous;
Nous fçavons ce qui fait ou détruit fon courroux ;
Et chacun porte en foi ce confeil falutaire,
Si le charme des fens ne le force à fe taire.
Penfez-vous qu'à ce temple un Dieu foit limité ?
Qu'il ait dans ces déferts caché la Vérité ?
Faut-il d'autre féjour à ce Monarque augufte
Que les cieux , que la terre & que le cœur du Jufte !

Ces vers font admirables : & leur beauté eft d'autant plus réelle, qu'elle prend fa fource, non dans le vain éclat des expreffions, mais dans la grandeur des idées.

La Morale uniforme , en tout temps , en tout lieu ;
A des fiécles fans fin , parle au nom de ce Dieu.

La tournure de ces deux vers me paroît profaïque & languiffante.

En tout temps , en tout lieu : ftyle de converfation plutôt que de poëfie.

Parle à des fiécles fans fin : expreffion peu naturelle, & qui même a quelque chofe de dur & d'embarraffé.

De

De ce culte éternel la Nature est l'Apôtre.
Le bon-sens la reçoit ; & les remords vengeurs,
Nés de la conscience, en sont les défenseurs.

Ces vers sont ingénieux ; mais voilà tout leur mérite. Quoi donc! N'y avoit-il que de l'esprit à mettre dans un sujet si grand, si susceptible de vraies beautés, si propre à échauffer l'imagination ? Quel tableau offriroit à nos yeux, la peinture des remords tracée par un pinceau hardi ? Juvénal, dans son style étincelant, toujours fort & quelquefois sublime, a dit, en parlant à un homme qui cherchoit à se venger d'une infidélité :

. . . . Cur tamen hos tu
Evasisse putes, quos diri conscia facti
Mens habet attonitos, & surdo verbere cædit,
Occultum quatiens, animo tortore, flagellum ?
Pœna autem vehemens, ac multò sevior illis
Quas & Caditius gravis invenit & Rhadamantus,
Nocte dieque suum versare in pectore testem.

. . . .
Hi sunt qui trepidant, & ad omnia fulgura pallent,
Cùm tonat, exanimes primo quoque murmure Cœli :
Non quasi fortuitus, nec ventorum rabie, sed
Iratus cadat in terras, & judicet ignis.

E

. . . .

Exemplo quodcumque malo committitur, ipsi
Displicet auctori: prima haec est ultio, quod, se
judice, nemo nocens absolvitur; improba quamvis
Gratia, fallaci praetoris vicerit urna.

Juvénal, Sat. 13.

Mʳ Racine, dans le Poëme le
La Religion, a rendu en très-beaux
vers, quelques unes de ces idées
fublimes, & y en a lui-même ajouté de nouvelles.

Dans ses honteux plaifirs, s'il cherche à fe cacher,
Un éternel témoin les lui vient reprocher.
Son juge eft dans fon cœur, tribunal où réfide
Le cenfeur de l'ingrat, du traître, du perfide.
Par fes affreux complots, nous a-t-il outragés?
La peine fuit de près, & nous fommes vengés.
De fes remords fecrets, trifte & lente victime,
Jamais un Criminel ne s'abfout de fon crime.
Sous des lambris dorés, ce trifte Ambitieux
Vers le Ciel, fans pâlir, n'ofe lever les yeux,
Sufpendu fur fa tête, un glaive redoutable
Rend fades tous les mets dont on couvre fa table.
Le cruel repentir eft le premier bourreau
Qui dans un fein coupable enfonce le couteau.

Poëme de la Religion, Chant I.

Ces vers réuniffent l'éclat des
expreffions, la folidité des idées
& la beauté des images.

Penfez-vous en effet que ce jeune Alexandre
Teint du fang d'un ami trop inconfidéré , &c.

Penfez-vous en effet : ce tour me paroit trop familier & ne convient pas à l'élévation d'un Poeme.

Inconfidéré : terme profaïque , qui, jufqu'ici, n'a été reçu que dans des Vers de Comédie.

Ils auroient dans leurs eaux lavé fes mains impures ;
Ils auroient à prix d'or bientôt abfous un Roi.

1° L'idée que le Poëte a voulu exprimer dans le premier vers , n'eft point renduë affez clairement. Il faut prefque deviner qu'il a voulu faire allufion à ces bains dans lefquels on lavoit les Criminels , pour les purifier des fouillures qu'ils avoient contractées par leurs crimes.

2° *Ils auroient lavé , ils auroient abfous* : cette répétition des mêmes mots au commencement de chaque vers, bleffe l'oreille, & rend le fecond vers languiffant.

3° *Bientôt,* paroit n'être ajou-

té que pour faire un pied : & , quand
même il feroit néceffaire , il auroit
fallu le mettre dans le premier vers.

Honteux , défefpéré d'un moment de furie ,
Il fe jugea lui-même indigne de la vie.

Quelle foibleffe dans ces vers!
Eft-ce donc là le même Auteur qui
dans *Mariamne* , dans Brutus ,
dans le *Fanatifme* , a peint , avec
des couleurs fi fortes , les remords
d'Hérode , de Titus , de Mahomet ? Cependant quelle fituation
à repréfenter que celle du meur-
trier de Clitus , lorfque revenu
de fa fatale yvreffe , il reconnut
fes mains teintes du fang d'un
ami qu'il adoroit.

On peut comparer ce morceau
de Mr de V * * avec la defcri-
ption éloquente , que Mr Racine
fait des remords de Tibère , dans
le Poëme de *La Religion*.

Des chagrins dévorans attachés fur Tibère ,
La cour de fes flatteurs veut en vain le diftraire.

Maître du monde entier , qui peut l'inquiéter ?
Quel Juge , fur la terre , a-t-il à redouter ?

Cependant il se plaint, il gémit ; & ses vices
Sont ses accusateurs, ses Juges, ses supplices.
Toujours yvre de sang, & toujours altéré,
Enfin, par ses forfaits au désespoir livré,
Lui-même étale aux yeux du Senat qu'il outrage
De son cœur déchiré la déplorable image.
Il périt, chaque jour, consumé de regrets,
Tyran plus malheureux que ses tristes Sujets.

Poëme de la Religion, Chant I.

Ce morceau, outre le mérite d'une belle poësie, a encore celui de montrer admirablement, que les remords de la conscience sont une excellente preuve de la Religion naturelle : au lieu que Mr de V * * ne présente les remords d'Alexandre, ni comme Philosophe, ni comme Poëte.

Cette Loi souveraine, à la Chine, au Japon,
Inspira Zoroastre, illumina Platon,
D'un bout du monde à l'autre, *elle parle, elle crie* &c.

Une Loi qui illumine quelqu'un : me paroit une expression neuve & inconnue jusqu'ici. Je doute que Mr de V * * l'approuvât lui-même dans un autre.

Eiij

Le Poete, dans ces vers, a eu
sans doute dessein d'imiter ce bel
endroit de Fénelon. » * Ce maître
» est par-tout, & sa voix se fait en-
» tendre d'un bout de l'Univers à
» l'autre, à tous les hommes, com-
» me à moi. Pendant qu'il me cor-
» rige en France, il corrige d'au-
» tres hommes à la Chine, au Ja-
» pon, dans le Mexique & dans
» le Pérou, par les mêmes prin-
» cipes. . . . . ** Les hom-
» mes de tous les pays & de tous
» les tems, quelque éducation
» qu'ils ayent reçue, se sentent in-
» vinciblement assujettis à penser
« & à parler de même «.

Avons nous fait notre ame, avons-nous fait nos sens?
L'or qui naît au Pérou, l'or qui naît à la Chine, &c.

Il suffit de lire ces vers, pour
sentir ce qu'ils ont de choquant par
la monotonie, & de défectueux
par l'inexactitude.

---

* Fénelon, *Œuvres Philos.* Iᵉ Part. Sect. 55.
** Le même, au même endroit, Sect. 56.

le Ciel fit la vertu, l'Homme en fit l'apparence.

Voilà un de ces vers qui appartiennent au siécle, & qui caractérifent le gout d'aujourd'hui ; un vers qui, prononcé fur le théâtre, feroit furement applaudi, avant que d'être entendu. Car il eft dans les régles ; & il ne lui manque aucune des qualités néceffaires pour cela. C'eft une fentence détachée, parée des graces de l'anthitèfe, faifant épigramme, & qui, pour comble de mérite, n'a point de juftelle.

1° *Le Ciel*, au lieu de *Dieu*, ne me paroìt pas jufte en cet endroit; il faudroit dire, *Dieu fit la Vertu.* *Ciel* eft ici en oppofition avec *Homme* : & ces deux termes ne font point oppofés grammaticalement. *Ciel* eft oppofé à *terre*. *Dieu* à *homme*.

2° *Faire la Vertu*, me paroit une expreffion obfcure & entortillée.

3° Quelle eft ici la véritable

pensée du Poëte ? Examinons, en Philosophes, ce qu'il a voulu dire. Veut-il dire tout simplement, que c'est Dieu qui a mis dans nos cœurs les premiers principes de la Vertu ? Mais alors il n'a point rendu son idée ; & les expressions dont il se sert, ou ne signifient rien, ou signifient toute autre chose. Il y a un autre sens plus profond & plus naturel. Le voici : *Dieu a créé les premiers principes qui constituent la Vertu.* Mais cette proposition n'est pas moins fausse, qu'elle est dangereuse ; car elle nous rameneroit au sentiment de Hobbes qui prétend que, dans la nature des choses, il n'y a point de différence entre le juste & l'injuste ; & que le bien moral tire sa premiere origine, non d'aucunes différences naturelles & nécessaires qui soient dans les actions humaines, mais du pouvoir absolu & *irrésistible* du Dieu qui nous commande.

Le fameux Docteur Clarke s'eft élevé contre ce fentiment, avec autant de force que de folidité. » * Cette Loi Naturelle , dit-il, » oblige antécédemment à la dé- » claration pofitive que Dieu a fai- » te, que c'étoit fa volonté que les » hommes s'y conformaffent. Car, « comme certaines opérations géo- » métriques donnent conftam- » ment la folution de certains pro- » blêmes : ainfi, en matiere de » Morale, il y a de certaines rela- » tions de chofes, qui font nécef- » faires & immuables, & qui bien » loin de devoir leur origine à un » établiffement arbitraire, font de » leur nature d'une néceffité éter- » nelle ; c'eft-à-dire, qu'elles ne » font pas bonnes & faintes, par- » ce qu'elles font commandées ; » mais que Dieu les a comman-

---

* Samuel Clarke , *Preuves de la Religion Naturelle & révélée*, Tom. 3, Ch. 3. Art. 6.

» dées , parce qu'elles font bon-
» nes & faintes.

Burlamaqui, dans fon admira.
ble ouvrage fur les principes du
Droit naturel , foutient de même
* que les Loix Naturelles ne dé-
pendent point d'une inftitution
arbitraire de Dieu.

Il la peut revêtir d'impofture & d'erreur.

Que veulent dire ces expreffions ? *L'homme peut revêtir la Vertu d'impofture.* Ou ces mots ne
renferment aucun fens , ou s'ils
en ont un , il faut le deviner. Ce
Poëme eft rempli de vers myftè-
rieux qui , femblables aux anciens oracles . c'eft-à-dire , enve-
loppés d'une refpectable obfcurité, frappent l'oreille par un vain
fon de paroles mais ne préfen-
tent aucune idée à l'efprit.

---

* Burlamaqui , *Principes du Droit Naturel* ,
IIe Part. Chap. 5. Num. 5.

Si le sens de vos Vers tarde à se faire entendre ,
Mon esprit aussi-tôt commence à se détendre ;
Et de vos vains discours prompt à se détacher ,
Ne suit point un Auteur qu'il faut toujours chercher.

Boileau , *Art Poétique* , Chant 1.

Voilà quelques unes des remarques particulieres que l'on peut faire sur la premiere partie de ce Poëme. Je me contenterai d'y ajouter une seule réflexion. C'est que le Poëte a traité ce grand sujet de la maniere la plus superficielle. Je crois voir un papillon qui voltige sur la surface d'un abîme. Il avance qu'il y a une Loi Naturelle, & que cette Loi existe dans le cœur de tous les hommes ; mais il n'apporte aucune preuve de cette grande vérité. Et cependant quel champ , quelle carriere pour un génie fécond & brillant ! Combien d'or, cette mine travaillée avec soin , auroit-elle pû fournir entre les mains de ce Poëte célébre ? Il nous auroit présenté

avec autant de force que de grandeur , toutes les différentes preuves , tant métaphyfiques que mo-
rales , de la Loi Naturelle.

1°. * La différence effentielle,
néceffaire & coéternelle à Dieu-
même , qui fe trouve entre le jufte & l'injufte , entre le bien & le
mal moral ; différence indépendante de toute autorité , de toutes circonftances , auffi inaltérable que Dieu , & la régle de Dieu-

---

* Lex quæ fæculis omnibus antè nata eft , quàm
fcripta lex ulla , aut quàm omninò civitas con-
ftituta eft. Cicer. de Leg. Lib. 1.

Legem neque hominum ingeniis excogitatam ,
nec fcitum aliquod effe populorum , fed æternum
quiddam , quod univerfum mundum regeret. Idem
de Leg. Lib. 2. Cap. 4.

Vis ad rectè facta vocandi & à peccatis avo-
candi , non modò fenior eft quàm ætas populorum
& civitatum , fed æqualis illius cœlum atque terras tuentis & regentis Dei. Idem , ibid.

Recta ratio Naturæ congruens , diffufa in omnes , conftans , fempiterna. Huic legi nec obrogari
fas eft , neque derogari ex hac aliquid licet. Idem
de Rep. Lib. 1. Fragm.

même; différence qui a précédé la naiffance des Loix, des fiécles & des mondes, & qui leur survivra, lorfque l'éternité aura fuccédé à ce point qu'on nomme *le Tems :* lorfqu'il n'y aura plus ni Loix, ni Tribunaux, ni Trónes, ni Temples, ni Autels.

2°. L'inftinct fecret qui porte tous les hommes à fe rapprocher & à s'unir enfemble, par les liens de la Société ; inftinct qui prouve admirablement l'exiftence d'une Loi naturelle ; puifque, Dieu feul ayant pû nous infpirer ce gout pour la Société, cet être infiniment fage doit auffi avoir mis dans nos cœurs, des régles de juftice, fans lefquelles la Société ne fçauroit fubfifter.

3°. Les principes de conduite que tout homme, en rentrant en foi-même, trouve en effet dans le fond de fon cœur, fur la dépendance de la créature à l'égard de son Créateur , sur la beauté de l'ordre, sur la justice , sur la reconnoissance qu'on doit pour un bienfait ; principes fixes & invariables, qui, par un afcendant victorieux, entraînent , malgré nous-mêmes , le fuffrage de notre raison.

4°. Ce fentiment intérieur , ou, comme l'appelle un fçavant Ecoffois , * cette efpèce de *fens moral*, qui, fuivant la définition de Burlamaqui, ** difcerne tout d'un coup en certains cas le bien & le mal, par une forte de fenfation & par gout , indépendamment du raifonnement & de la réflexion : qui fait qu'à la vûe d'un de nos femblables qui fouffre, nous fommes émus de compaffion ; que notre premier mouvement eft de fecourir un malheureux qui nous im-

_____

* M. Hutchinfon.
** Burlamaqui , *Principes du Droit Natu-rel* , IIᵉ Part. Chap. 3. Num. 1.

plore; que, lorsque nous entendons raconter des actions de justice, d'humanité, de bienfaisance, notre cœur en est touché, attendri & pénétré de la volupté la plus pure ; que les exemples du crime, les trahisons, les empoisonnemens, les assassinats excitent dans nous une indignation subite, une horreur involontaire qui précéde toute réflexion.

5°. Ce cri de la conscience, ces remords dévorans qui font qu'un criminel, même tout puissant & sur le trône, ne s'absout jamais de son Crime ; * furies vengeresses qui déchirent le sein des

---

* *Nolite enim putare, quemadmodùm in fabulis sæpè numerò videtis, eos qui aliquid impiè sceleratèque commiserint, agitari & perterreri furiarum tædis ardentibus. Sua quemque fraus, & suus terror maximè vexat : suum quemque scelus agitat, amentiàque afficit : sua mala cogitationes, conscientiæque animi terrent. Hæ sunt impiis assiduæ, domesticæque furiæ.* Cicer. pro Rosc. Amer. Cap. 24.

coupables, qui y portent sans cesse l'épouvante & l'horreur, qui les tourmentent, non avec des flambeaux allumés, suivant la fiction des Poëtes, mais en leur présentant sans cesse, comme un fantôme menaçant, l'image terrible de la Justice qu'ils ont outragée & du devoir qu'ils ont violé : d'une autre part ce plaisir délicieux, cette satisfaction touchante que ressent un cœur vertueux dont toutes les actions sont approuvées par sa raison ; plaisir si pur, qu'il est lui-même une des plus douces récompenses de la Vertu.

6°. Enfin le consentement unanime de tous les hommes qui, dans tous les siécles, dans tous les climats, malgré la diversité des gouvernemens, des éducations & des Loix, malgré les variations infinies qui résultent des mœurs, des inclinations, des préjugés, des conditions·même, s'accordent

cordent tous à convenir (*a*) que
la fincérité, la juftice, la reconnoiffance font des vertus ; que la
perfidie, l'ingratitude, l'inhuma-
nité font des vices, & méritent
l'horreur & l'exécration des hommes.

Telle eft l'efquiffe du grand tableau que M^r de V * * auroit pû
nous tracer. Telles font les preuves de la Loi Naturelle, preuves
admirables que Cicéron a traitées
avec tant d'éloquence, Fénelon
avec tant de grace, Grotius &
Pufendorf avec tant de fubtilité
& d'érudition, Burlamaqui avec
tant de clarté, de méthode & de
profondeur. Avec quel plaifir on
auroit vû ces mêmes preuves re-
vêtues des charmes d'une belle

(*a*) *Quæ natio non comitatem, non benignita-*
tem, non gratum animum & beneficii memorem
diligit? Quæ fuperbos, quæ maleficos, quæ cru-
deles, quæ ingratos non afpernatur, non odit?
Cicero de Legibus, Lib. 1, cap. 11.

F.

Poëfie, & embellies par ce coloris brillant que notre Poëte a
coutume de répandre fur tous fes
Ouvrages?

SECONDE PARTIE.

J'entens, avec Hobbes, Spinofa qui murmure.
Ces remords, me dit-il, ces cris de la Nature,
Ne font que l'habitude & les illufions
Qu'un befoin naturel infpire aux nations.

1°. *Ces remords ne font que l'habitude* : Cette phrafe ne me paroît
point exacte, il faudroit, *ne font
que l'effet de l'habitude.* 2°. *Les remords font des illufions qu'un befoin naturel infpire aux hommes.*
Une perfonne qui n'auroit jamais
entendu parler du fyftéme de Hobbes pourroit-elle comprendre ce
dernier vers? L'idée qu'il renfer-
me eft très obfcure, parcequ'elle
n'eft point affez développée.

L'Auteur, dans cette partie de
fon Poëme, entreprend de réfu-

ter les objections qu'une raison
indocile a coutume de former
contre l'existence de la Loi Naturelle. Il commence par le sentiment de Hobbes. Mais d'abord,
comment expose-t-il ce sentiment ? Deux vers obscurs & em-
barrassés peuvent-ils suffire pour
donner l'idée d'un système rai-
sonné, abstrait dans ses principes,
immense dans ses détails, affreux
dans ses conséquences ?

Hobbes prétend 1°. Que
dans la nature des choses il n'y a
point de différence entre le juste & l'injuste; 2°.(a) Que l'homme
considéré dans l'état naturel, &
antécédemment à ses conventions
faites avec les autres hommes,
n'est obligé, ni à leur vouloir du
bien, ni à aucun autre devoir en-

___

(a) *In statu merè naturali, sivè antequàm homines ullis pactis, sese invicem obstrinxissent, unicuique licebat facere quæcumque & in quoscumqu
licebat.* Hobb. de Cive. Cap. 1. Sect. 10.

vers eux. 3°. (*a*) Qu'il n'appartient qu'à ceux qui gouvernent de décider si une chose est juste ou injuste, & que la différence du Vice & de la Vertu dépend absolument de leur autorité & des Loix positives.

Tout cet édifice monstrueux est appuyé sur ce principe qui lui sert de base : (*b*) que le pouvoir irrésistible de Dieu est l'unique fondement de sa domination & la seule mesure de ses droits sur les créatures. De ce principe également faux & absurde, Hobbes & Spinosa tirent cette affreuse con-

---

(*a*) *Regulas boni & mali , justi & injusti , honesti & inhonesti esse Leges Civiles , ideòque quod Legislator præceperit , id pro bono ; quod vetuerit pro malo habendum esse.* Hobb. de Cive , Cap. 12 , Sect. 1.

(*b*) *Regni divini Naturalis Jus derivatur ab eo quod divina Potentia resistere impossibile est.* Hobb. Leviath. Cap. 31.

In regno naturali , regnandi & puniendi eos qui Leges suas violant , jus Deo est à sola potentia irresistibili. Hobb. de Cive , Cap. 15.

féquence ; (*a*) que tous les autres êtres n'ont précifément qu'autant de droit qu'ils ont naturellement de pouvoir ; ou, ce qui eft la même chofe , qu'ils ont naturellement le droit de faire tout ce qu'ils ont le pouvoir de faire.

Pour être plus en état de porter un jugement affuré fur la maniere dont M^r de V * * réfute ce fyftême ténébreux, examinons d'abord ce que nous pourrions nous-mêmes y répondre : nous peferons enfuite la force ou la foibleffe des raifonnemens qu'employe le Poëte philofophe.

1°. Le grand principe de Hobbes eft un principe abfurde. En effet, fi le pouvoir irréfiftible de Dieu étoit l'unique fource & la feule

---

(a) *Nam quoniam jus Dei nihil aliud eft quàm ipfa Dei potentia , hinc fequitur unamquamque rem Naturalem tantùm Juris ex naturâ habere quantùm potentia habet.* Spinofa de Monarchiâ Cap. 2.

mesure de ses droits sur les créatures, il s'ensuivroit de ce principe que si l'on suppose un être
mal-faisant, injuste & barbare,
revêtu d'une autorité souveraine,
& n'usant de son pouvoir qu'en
tyran, sa domination seroit aussi
juste, aussi légitime que celle du
Dieu infiniment bon qui nous
gouverne avec tant d'amour & de
clémence.

2°. Il y a des différences naturelles & nécessaires dans les actions
humaines; en effet, comme dit
Clarke, * il est aussi clair & aussi in-
contestable que dans les choses
il y a des différences, c'est-à-dire,
une diversité de rapports & de pro-
portions, qu'il est clair & incon-
testable qu'une grandeur est plus
grande ou plus petite qu'une autre. C'est encore une vérité con-

---

* Clarke, *Preuves de la Religion Naturelle*
& Révélée. Chap. 3. Art. 1.

ſtante, qu'il y a une diverſité de rapports entre les perſonnes, c'eſt-à-dire, entre un homme & ſon ſemblable; entre la créature & l'Etre ſuprême qui l'a créé. Or, de ces différens rapports entre les choſes & les perſonnes, il doit réſulter une convenance de certaines actions plutôt que d'autres, dans certaines circonſtances, & à l'égard de certaines perſonnes; & cette convenance eſt fondée ſur la nature des choſes & ſur la qualité des perſonnes, antécédemment à aucune Loi poſitive. Par exemple, ajoute Clarke, * il eſt auſſi évident que Dieu eſt infiniment ſupérieur à l'Homme, qu'il eſt évident que l'infini eſt plus grand qu'un point. Il eſt donc plus convenable que les hommes honorent Dieu, le ſervent & lui obéiſſent, qu'il n'eſt

---

* Clarke, *ibid.*

F iv

convenable qu'ils l'outragent, lui
défobéiffent & le blafphêment. On
peut appliquer ces mêmes principes au commerce que les hommes ont les uns avec les autres.

3°. L'état de Nature fuppofé
par Hobbes, état de meurtre, de
haine & de rapine, eft un état
ridicule & chimérique: il eft fondé fur ce principe, (a) que tous les
hommes étant égaux par la Nature
ont un droit égal à tout ce qui eft
fur la terre. D'où Hobbes con-
clut(b)que dans cet état de Nature
chaque homme a le droit de s'em-

(a) *Ab æquâ mole Naturæ oritur unicuique, ea
quæ cupit acquirendi fpes.* Hob. Leviath. Cap. 13.
   *Natura dedit unicuique jus in omnia. Hoc eft
in ftatu merè naturali.......unicuique licebat
uti & frui omnibus quæ volebat & poterat.* Hobb.
de Cive. Cap. 1 Sect. 10.
   (b) *In tanto & mutuo hominum metu, fecuri-
tatis viam meliorem habet nemo anticipatione:
nempè ut unufquifque vi & dolo cæteros omnes
tamdiù fubjicere fibi conetur, quamdiù alios effe à
quibus fibi cavendum effe viderit.* Hobb. Leviath.
Cap. 13.

parer du monde entier ; & que,
pour parvenir à ce pouvoir suprême, tous les moyens font légiti-
mes ; violences, brigandages, empoifonnemens, affaffinats. Mais,
1°. ce fyftême eft contradictoire
dans les termes. En effet, dire
que tous les hommes ont un même droit abfolu aux mêmes chofes individuelles, n'eft-ce pas dire
que deux droits peuvent être en
contradiction l'un avec l'autre,
ou qu'une feule & même chofe
peut être jufte & injufte en même-tems ? 2°. Quelle idée affreufe fe formeroit-on de la Divinité
fur cet horrible fyftême ? Le genre humain, au fortir des mains
du Créateur, n'auroit donc été
qu'un affemblage monftrueux d'in-
fenfés, de barbares, de fourbes,
de dénaturés qui n'avoient d'autre
loi que la force, d'autre régle que
leurs defirs, d'autre fentiment que
la haine : monftres nés pour le

brigandage ; fans frein dans leurs
paffions ; indépendans dans leur
férocité ; placés fur la terre par
Dieu-même , pour ufurper , pour
égorger , jufqu'à ce que leur tour
fût venu d'être dépouillés & égor-
gés eux - mêmes par un brigand
plus fort ou plus heureux.

Cet état de Nature, fuppofé par
Hobbes , n'a donc jamais pû exi-
fter. Il ne préfente à l'efprit égaré, qu'un fyftême chimérique, abfurde dans fes principes , contradictoire dans fes termes , entièrement oppofé à la fouveraine
bonté de l'Etre fuprême qui gouverne le genre humain.

4°. Si les hommes , fatigués de
l'affreufe licence qui regnoit dans
l'état de Nature , ont été obligés
de plier leur féroce indépendance à des conventions mutuelles,
& de s'affujettir à un certain nombre de Loix qui réglaffent l'état
de la Société ; ils ne l'ont fait que

parcequ'ils ont regardé cet état
de paix , de secours mutuels , de
soumission aux Loix , comme préférable à l'état de guerre, d'usurpa-
tion, de meurtre & d'indépendance dans lequel ils étoient aupara-
vant. C'est donc l'intérêt commun
du genre humain qui a créé & dicté
les Loix. (a) Il y a donc une raison
de bien public qui est antérieure
aux Loix , & sur laquelle les Loix
font fondées. Les Loix elles-
mêmes supposent donc qu'il y a
des chofes qui de leur nature font
bonnes ou mauvaifes. En effet ,
fans cela pourquoi les premieres
Loix , nées des conventions des
hommes dans le système d'Hobbes , auroient-elles défendu le

(a) *Jam verò commune bonum , quo nititur uno*
Hobbefius , ridenda viri commenta refellit ,
Et fua cum difcors ludit fententia : quippe
Si leges commune bonum genuiffe putatur
Ergò aliquid , nondùm prognatâ Lege , fatendum eft
Effe boni : fua funt igitur difcrimina rebus.

Anti-Lucret. *Libr. 1.*

meurtre & l'ufurpation plutôt que de les ordonner?

5° (*a*) Si les régles du jufte & de l'injufte tirent toute leur force & leur puiffance d'un contrat pofi-tif ; fi dans la nature des chofes il n'y a ni bien, ni mal moral, la juftice n'eft donc qu'une ufurpa-tion fur la liberté des hommes, & les Loix une fervitude infenfée. En effet, fur quoi peut être ap-puyée l'obligation d'obéir à ces Loix? (*b*) Quoi, dans l'état de Na-

---

(a) . . . . *Si nulla bonique malique*
Stet natura priùs Legum quàm edicta ferantur,
Jus nil juris habet : fed leges cæca libido
Condidit, & fluxo pofuit fundamine : vano
Juri fervire, injufto eft fervire tyranno.
Nam cùm ex arbitrio jus pendeat omne, juberi
Id pariter potuit, pofitâ quod Lege vetatur :
Quedque jubetur, idem potuit quoque Lege vetari.
Anti-Lucret. Ibid.

(b) *Quin etiam, quò vecordem malè protrahit error*
Hobbefium! Solis fi jufta injuftaque dicat
Legibus enafci, fequitur minùs effe nefandum,
Infontis lethale viri in præcordia ferrum
Ultrò demerfiffe, fidem quàm folvere pactam :

ture, avant d'avoir fait une convention avec mes femblables, il m'étoit permis d'enfoncer un poignard dans le cœur d'un homme innocent ; & dès que je me fuis lié par une convention, ce meurtre deviendra une injuftice ? Trahir fa promeffe, eft-ce donc une chofe plus criminelle que d'affaffiner un homme ? S'il y a une raifon primitive qui me défende de manquer à ma parole, cette même raifon doit me défendre le meurtre & tous les autres crimes. S'il eft un état de Nature où le meurtre puiffe être permis, il doit être également permis de violer fes conventions.

6°. Le fyftême de Hobbes fe contredit de la maniere la plus abfurde. En effet, il eft obligé de con-

---

Cùm tunc demùm, hominem crudeli perdere dextrâ
Cæperit effe nefas, ubi paƈto fœdere fefe
Libera gens voluit prohibenti fubdere Legi.
　　　　　　　　　　　　Anti-Lucret. *Ibid.*

venir qu'il y a certains principes
de la Loi Naturelle , qui font obli-
gatoires par eux-mêmes , indépendamment de toute convention
humaine. Ces principes font, 1°.
(*a*)Qu'il faut aimer,craindre & ho-
norer Dieu. 2°. (*b*) qu'il n'eſt pas
permis de tuer ſon pere , ſa mere,
ni ceux qui font revêtus de l'autorité ſouveraine 3°. (*c*) Que dans
l'état de Nature, les hommes font
obligés de chercher la paix , & de
faire entr'eux des conventions
pour ſervir de frein à la licence.
4°. (*d*) Qu'il faut obſerver fidéle-

(*a*) *Neque enim an honorificè de Deo ſentien-
dum ſit , an ſit amandus , timendus , colendus,
dubitari poteſt.* Hobb. de Hom. Cap. 14.

(*b*) *Si is qui ſummum habet imperium , ſe
ipſum (Imperantem dico) interficere alicui im-
peret , non tenetur ; neque parentem, &c.* Hobb.
de Cive. Cap. 6. §. 13.

(c) *Prima & fundamentalis lex Naturæ eſt,
quærendam eſſe pacem ubi haberi poteſt.* Hobb. de
Cive. Cap. 2. Sect. 2.

(d) *Lex naturalis eſt pactis ſtandum eſſe , ſive
fidem obſervandam eſſe.* Hobb. de Cive. Cap. 3.
§. 1.

ment ses conventions. 5°. Qu'on est
obligé d'obéir aux Magiftrats. Si
ces principes n'obligent par eux-
mêmes antérieurement à aucune
Loi pofitive, il y a donc une différence naturelle & néceffaire
dans la nature des chofes. Il y a
donc un bien & un mal moral
indépendant des conventions. S'il
y a une Loi Naturelle qui oblige les hommes à chercher la paix
& à faire ceffer les défordres qui
régnoient dans l'état de Nature,
la paix eft donc un bien utile au
genre humain? Les hommes étoient
donc obligés par cette même Loi
Naturelle à maintenir la paix parmi eux, & à ne point entrer dans
cet état de guerre fuppofé par
Hobbes. Celui qui le premier a
rompu l'harmonie de la tranquillité publique a donc commis une
injuftice. Et cependant, Hobbes
foutient que le premier aggref-
feur ne fe rendit coupable d'aucun crime.

7°. Enfin, (a) si la différence du Vice & de la Vertu, dépend absolument de l'autorité de ceux qui gouvernent; si leur volonté souveraine est la seule régle qui détermine ce qui est juste ou injuste ; le crime, dès qu'il seroit autorisé par une Loi , deviendroit donc une Vertu ? La Vertu, dès qu'elle seroit défenduë , deviendroit crime ? (b) Si donc il y avoit sur la terre un Législateur qui ordonnât les perfidies, les

---

(a) *Jam verò illud stultissimum, existimare omnia justa esse , quæ scita sint in populorum institutis, aut legibus. Etiamne si quæ leges sint tyrannorum.* Cicer. de Leg. Lib. 1. Cap. 15.

(b) *Quòd si populorum jussis , si principum decretis , si sententiis judicum , jura constituerentur : jus esset latrocinari , jus adulterare , jus testamenta falsa supponere , si hæc suffragiis aut scitis multitudinis probarentur. Quæ si tanta potestas est stultorum jussis atque sententiis, ut eorum suffragiis , rerum natura vertatur : cur non sanciunt ut , quæ mala perniciosaque sunt , habeantur pro bonis ac salutaribus ? Aut cur , cum jus ex injuriâ lex facere possit , bonum eadem facere non possit ex malo.* Cicer. ibid. Cap. 16.

meurtres,

meurtres, les inceftes, les parricides ; le peuple qui auroit de
telles Loix feroit obligé de leur
obéir ? Plus un homme feroit ingrat, dénaturé, barbare, ince-
ftueux, & plus il feroit vertueux ?
Etre fidéle à fa parole, aimer fes
bienfaiteurs, fecourir les malheureux, refpecter la pudeur, épar-
gner le fang des hommes, ce feroit des crimes ? Et l'on compte-
roit le nombre des vertus par celui
des affaffinats, des ufurpations &
des rapines. Qu'il s'éleve fur la
terre un tel Légiflateur : que lui-
même, pour donner à fes peuples
l'exemple d'obéir à fes Loix, égorge un innocent ; que tout couvert
du fang de ce malheureux, levant
en l'air fon poignard enfanglanté,
il crie à fes femblables : » O hom-
» mes, imitez-moi ; ce meurtre que
» je viens de commettre, eft une ac-
» tion de Vertu. « Tous ces hommes
épouvantés détourneront les yeux

G

de ce fpectacle cruel. Un inftinct
involontaire leur infpirera de l'e-
xécration pour ce Légiflateur féroce. Ils fuiront loin de fon funefte
tribunal, en pouffant des cris d'horreur ; & lui-même, reftant feul
& abandonné auprès de ce cada-
vre palpitant, entendra dans fon
cœur une voix terrible qui lui re-
prochera ce meurtre. Le fang qu'il
a verfé s'élevera contre lui ; &
les cris de ce fang démentiront
fa Loi barbare. Une barriere éternelle fépare le Vice de la Vertu.
Jamais l'audace effrénée des hommes, jamais le choc impétueux
des plus violentes paffions ne
pourra forcer cette barriere &
confondre les deux empires. La
Vertu fera toujours eftimée des
hommes, malgré les hommes-mê-
me ; fa beauté eft inaltérable, fon
empire éternel.

Telles font les principales raifons que l'on pourroit employer

pour réfuter le fystême de Hobbes. Qu'un autre, plus Philosophe
ou plus Orateur que moi, prenne
le soin de les développer ou de
les embellir, il me suffit pour mon
projet de les avoir indiquées.

Le génie rapide & bouillant
de notre Poëte ne s'est point ap-
pefanti sur ce grand sujet. Ce
fystême profond & dangereux
que plusieurs illustres Philosophes ont combattu dans des vo-
lumes entiers ; ce fystême, contre lequel Clarke , Vollafton ,
Burlamaqui , Pufendorf & Cum-
berland ont employé laborieuse-
ment la vieille & pénible méthode de raifonner ; aujourd'hui
M. de V ** le réfute en huit
vers. Nouveau Bellérophon , du
haut des airs, il fond sur cette
chimère , & dans un instant le
monftre est terraffé. Voici les traits
victorieux dont ce grand hom-

me perce le Philosophe anglois.

Raisonneur malheureux, ennemi de toi-même,
D'où nous vient ce besoin ? Pourquoi l'Etre suprême
Mit-il dans notre cœur à l'intérêt porté,
Un instinct qui nous lie à la Société ?
Les Loix que nous faisons, fragiles, inconstantes,
Ouvrage d'un moment, sont par-tout différentes.

. . . .

. . . .

Aux Loix de vos voisins, votre code est contraire;
Qu'on soit juste, il suffit ; le reste est arbitraire.

Je remarque 1°. Que le Poëte ne répond point exactement à l'objection qu'il s'est proposée. Voici cette objection : » Les remords » sont l'effet de l'habitude, & une » suite des conventions que les » hommes ont faites entr'eux, par » le besoin de vivre ensemble. » Voici la réponse: » Ce besoin vient » de Dieu pourquoi; l'auroit-il mis » dans le cœur des hommes ? « Il est vrai qu'il y a un certain rapport entre la réponse & l'objection ; mais ce rapport est très - éloigné.

c'est

C'eſt une chaîne dont pluſieurs anneaux ſont rompus.

2°. Le dernier raiſonnement que l'Auteur employe, me paroît tronqué. Le voici: » Les Loix des hom- » mes ſont fragiles, & différentes » dans tous les lieux du monde «. L'Auteur s'arrête-là ; il falloit aller plus loin, & prouver que les principes de la juſtice ſont les mêmes par toute la terre & dans tous les ſiécles ; qu'ainſi ces principes doivent être fondés ſur une raiſon primitive & invariable, & non point ſur des conventions arbitraires de la part des hommes. Mais l'imagination rapide de M^r de V * * ne s'aſſujettit point à la marche lente & meſurée des foibles mortels. Semblable aux Dieux d'Homère, elle franchit d'un ſaut des eſpaces immenſes.

3°. *A l'intérêt porté* me paroît un hémiſtiche de rempliſſage.

4°. *Un inſtinct lie les hommes*

à la Société ; cette expression eft-
elle naturelle ?

5°. *Les Loix que nous faifons
font par-tout différentes.* Eſt-ce
donc-là le langage d'un Poëte?
Ces deux hémiſtiches me paroiſſent foibles & profaïques.

Là, le pere, à fon gré, choifit fon fuccefſeur ;
Ici, l'heureux aîné de tout eſt poffeſſeur.

Ces deux vers, & fur-tout le
dernier, me paroiſſent avoir une
trop forte teinture de profe.

Mais, tandis qu'on admire & ce juſte & ce beau,
Londre immole fon Roi par la main d'un bourreau ;
Du Pape Borgia le bâtard fanguinaire,
Dans les bras de ſa fœur affaſſine fon frere ;
Là, le froid Hollandois devient impétueux ;
Il déchire en morceaux deux freres vertueux ;
Plus loin, là Brainvilliers, dévote avec tendreſſe,
Empoifonne fon pere, en courant à confeſſe ;
Sous le fer du méchant le juſte eſt abbattu.

Ces vers font admirables. Dans
ce tableau terrible je retrouve la
hardieſſe du pinceau de le Brun &
le coloris de Rubens. Les ima-

ges, préfentées fortement, offrent aux yeux une fcène d'horreurs, qui nous plaît en nous faifant frémir : mais, parmi la foule des crimes qui ont inondé la terre, pourquoi choifir, par préférence, ceux d'Alexandre VI & de fon fils ? Je remarque avec peine dans la plûpart de nos Ecrivains d'aujourd'hui, une vaine & malheureufe affectation de nous rappeller fans ceffe les crimes de quelques fouverains Pontifes. Je ne prétens point ici les juftifier ; plus leurs devoirs étoient faints, plus leurs crimes font grands : plaignons - les de ce qu'ils n'ont pas été vertueux ; mais on devroit tirer un voile éternel fur des horreurs qui ne peuvent qu'affliger la Religion. C'eft un refpect que l'on doit à la dignité facrée dont ils ont été revêtus ; à la Religion fainte dont ils étoient les chefs ; à la Vertu de tant d'auguftes Pon-

G iv

tifes, qui ont occupé le même trône & porté le même encenſoir.

Quand du vent du Midi les funeſtes haleines,
De ſemences de morts ont Inondé nos plaines.

Le premier de ces vers paroît
imité de Rouſſeau. Ce grand Poëte a dit dans une de ſes plus bel-
les Odes :

Et des vents du Midi la dévorante haleine.

Inonder de ſemences. Ces expreſſions ne ſont point aſſorties
enſemble. *Inonder*, préſente l'i-
mage d'un torrent qui couvre une
plaine. *Semences*, offrent une image toute oppoſée.

Enfin peut-on dire, *les haleines des vents inondent les plaines
de ſemences ?* Je ſçai qu'il ne faut
point, en peſant Géométre, meſurer avec le compas les beautés
poëtiques. Je ſçai qu'un grand génie ſe permet de nobles hardieſ-
ſes; mais la hardieſſe des idées, ne
doit jamais exclure la juſteſſe des
images.

De nos defirs fougueux la tempête fatale ,
Laiffe au fond de nos cœurs , la Régle & la Morale
C'eft une fource pure ; en vain dans fes caveaux
Les vents contagieux en ont troublé les eaux :
En vain fur la furface , une fange étrangère
Apporte , en bouillonnant , un limon qui l'altère
L'homme le plus injufte & le moins policé
S'y contemple aifément , quand l'orage eft paffé.

Voilà des vers d'une grande beauté. On y reconnoît l'Auteur de *La Henriade* , & de tant d'autres ouvrages célébres. Comparaifon ingénieufe , -vers harmonieux , poëfie brillante , juftelle des images , tout y eft réuni ; mais les Graces & Vénus elle-même , étoient-elles fans défaut ?

Les vents contagieux : Cette épithéte ne me paroît pas convenir aux vents , dans cette circonftance. Il ne s'agit point ici des ravages d'une pefte ; cette épithéte feroit alors très-bien placée , comme dans ces vers admirables du même Auteur.

Esprits *contagieux* , tyrans de cet empire ,
Qui soufflez dans ces lieux la mort qu'on y respire.

Œdipe , Acte 1. Sç. 2.

Il s'agit ici de peindre un orage & l'agitation des eaux d'une source troublée par les vents. Peut-être l'épithéte de *tumultueux* auroit eu autant d'harmonie & plus de justesse.

Un limon qui l'altère : peut on dire *altérer une source* , pour signifier *troubler* une source ? Je crois qu'il auroit fallu dire *qui altère sa pureté.*

Le cinquiéme & le sixiéme vers paroissent avoir quelque rapport d'imitation avec d'autres vers du même Auteur : les voici :

Ainsi lorsque les vents fougueux , tyrans des eaux ,
De la Seine ou du Rhône ont soulevé les flots ,
Le limon croupissant dans leurs grottes profondes ,
S'éleve en bouillonnant sur la face des ondes.

Henriade , Chant 4.

L'idée de cette source pure , mais dans laquelle on ne peut se contempler pendant l'orage , est

très-ingénieuse, mais elle n'est
point neuve. Le Poëte la répéte
ici d'après lui même. Dans la Comédie de *L'Enfant Prodigue*, il
fait dire à un de ses personnages :

Comment chercher la triste Vérité
Au fond d'un cœur, hélas ! trop agité ;
Il faut au moins, pour se mirer dans l'onde,
Laisser calmer la tempête qui gronde ;
Et que l'orage & les vents en repos
Ne ride plus la surface des eaux.

Enfant prodigue, Acte 2. Sc. 1.

Un Auteur ingénieux, écrivain
élégant & solide, qui peint la Vertu avec tous ses charmes, qui répand sur le Vice une causticité
salutaire, mais dont l'ouvrage a
mérité d'être flétri, parcequ'il n'a
point sçu y respecter la Religion,
présente à peu près les mêmes
idées, quoique sous des images
un peu différentes. Comme le morceau est admirable, je vais le rap-
porter.

» Il y a, dit-il, dans le cœur de
» l'homme, deux régions distin-

» ctes. L'une est une Isle un peu
» plus qu'à fleur d'eau ; l'autre
» est l'eau même qui baigne l'Isle.
» La premiere a une surface plane,
» dure & blanche , comme seroit
» une table du plus beau marbre
» de Paros; c'est sur cette surface
» que sont gravés les saints pré-
» ceptes de la Loi Naturelle. Près
» de ces caractères, est un enfant
» dans une attitude respectueuse,
» les yeux fixés sur l'inscription
» qu'il lit & relit à haute voix ; c'est
» le Génie de l'Isle ; on l'appelle
» *l'amour de la Vertu.* Pour l'eau
» dont l'Isle est environnée , elle
» est en effet sujette à de fréquens
» flux & reflux; le plus doux zéphir
» suffit pour l'agiter. Elle se trou-
» ble, mugit & se gonfle ; alors
» elle surmonte l'inscription. On
» ne voit plus les caractères ; on
» n'entend plus lire le Génie :
» mais du sein de l'orage, renaît
» bientôt le calme; la surface de

» l'Isle sort du gouffre, plus blan-
» che que jamais ; & le Génie re-
» prend son emploi «.

Pilote qui s'oppose aux vents toujours contraires
De tant de passions qui nous sont nécessaires.

Ces deux vers ont beaucoup de
conformité avec ces vers de M.
du Resnel dans sa belle traduction
de l'*Essai sur l'Homme* :

La vie est une mer où sans cesse agités
Par de rapides flots nous sommes emportés.
Mais de nos passions les mouvemens contraires
Sur ce vaste Océan sont des vents nécessaires.

Essai sur l'Homme , traduit par M. du Resnel.
Épitre II. vers 133.

On nous crie sans cesse que
les *passions* sont un bienfait de
Dieu : que ce sont des ressorts
nécessaires pour imprimer le mouvement à la machine ; que ce sont
des vents qui enflent les voiles
du vaisseau ; qu'elles le submer-
gent quelquefois, mais que sans
elles il ne pourroit voguer. Tel
est aujourd'hui le systême à la mo-

de : né fur les bords de la Tamife,
revêtu par l'Homère Anglois de
tous les charmes de la poëfie,
tranfplanté parmi nous par M. du
Refnel, adopté & embelli par M.
de V * *, ce fentiment eft devenu celui de tous nos modernes
Philofophes, fiers partifans de la
Raifon, & fur-tout de la Raifon
angloife. Si, par le terme de *paffions*, nous entendons fimplement
les defirs, les fentimens, les inclinations du cœur humain, fans doute, dans ce fens, les *paffions* font
utiles & néceffaires. Notre cœur
n'eft compofé que de defirs & de
fentimens. C'eft un feu dévorant qui
a toujours befoin de quelque nour-
riture. Tous ces défirs, l'aliment
éternel de notre ame, prennent
leur fource dans l'amour du bien-
être, fentiment néceffaire & in-
différent par lui-même, & qui ne
devient vertueux ou criminel que

par fon objet. Mais fi , par le mot de *paffion* , on entend ces mouvemens rapides & violens qui emportent l'ame hors de fa fphère , ces tyrans impérieux qui fubjuguent notre raifon , ces vautours cruels qui habitent dans notre cœur , qui en font un théâtre éternel de diffenfions & de guerre , toujours abbattus & toujours renaiffans, fe combattans eux-mêmes avec fureur , dans le tems qu'ils nous déchirent; peut-on dire que les *paffions* font néceffaires à l'Homme ? Ainfi donc, le poifon de la haine , la rouille de l'envie, les fureurs de l'amour, la honte de l'avarice, le fanatifme de l'ambition, tous ces monftres, enfans & bourreaux du cœur humain, feroient pour nous des bienfaits de la divinité ? Quels horribles bienfaits ! & périffe à jamais l'affreufe Philofophie qui veut me faire regarder comme utile & même comme néceſſaire à mon être, ce qui ſeul m'empêche d'être vertueux , & ce qui, dans tous les ſiécles, a fait les grands criminels. Cependant c'eſt dans ce dernier ſens que le terme de *paſſions* eſt pris par la plûpart de nos Philoſophes , lorſqu'ils ſoutiennent que les *paſſions* ſont *néceſſaires.* C'eſt une branche du grand ſyſtême que *tout eſt bien* , ſyſtême où l'on ſoutient qu'il n'y a point de déſordre moral ; qu'ainſi les paſſions elles-mêmes , priſes dans le ſens ordinaire, ſont un bien. Rentrons dans le cercle que la Révélation a tracé autour de notre imbécile raiſon ; nous y retrouverons la véritable origine des paſſions qui déchirent l'Homme : & l'illuſion de ces chimères philoſophiques , s'évanouira au flambeau de la Vérité.

Il

Il n'a rien dans l'esprit ; il n'a rien dans le cœur ;
Il respecte le nom de Devoir, de Justice ;
Il agit en machine ; & c'est par sa nourrice,
Qu'il est Juif ou Payen, Fidele ou Musulman,
Vêtu d'un Juste-au-corps ou bien d'un Doliman.

Tout ce morceau n'est qu'une prose foible & languissante. Les deux premiers vers & le premier hémistiche du troisiéme forment une monotonie désagréable.

Il est Juif ou Payen par sa nourrice : cette phrase ne me paroît point exacte.

Le dernier vers *vêtu d'un Juste-au-corps*, &c. est d'un style bas & familier.

L'Auteur a déja exprimé les mêmes idées dans des vers aussi négligés, mais peut-être plus heureux. Il a fait dire à Zaïre :

Je le vois trop ; les soins qu'on prend de notre enfance
Forment nos sentimens, nos mœurs, notre créance ;
J'eusse été, près du Gange, esclave des faux Dieux,
Chrétienne dans Paris, Musulmane en ces lieux.
L'instruction fait tout ; & la main de nos pères
Grave en nos foibles cœurs ces premiers caractères

H.

Que l'exemple, le tems nous viennent retracer,
Et que peut-être en nous Dieu seul peut effacer.

Zaïre, Acte 1. Scène. 1.

Notre Auteur a si souvent fait gémir la presse sous la multitude de ses ouvrages, qu'il n'est point étonnant que dans les derniers il se répéte lui-même. L'imagination est un champ qui s'épuise à force de produire.

Oui, de l'exemple en nous, je sçais quel est l'empire;
Qu'il est des sentimens que la Nature inspire.

Suivant la construction grammaticale de cette phrase, on s'imagineroit que la pensée du second vers est une suite de la pensée du premier ; cependant le sens de ces deux vers est tout-à-fait opposé ; il auroit fallu mettre : *Mais je sçais aussi qu'il est des sentimens que la Nature nous inspire.*

Le langage a sa mode & ses opinions ;
Tous les dehors de l'ame & ses préventions,
Du cachet des mortels impressions légères,
Dans nos foibles esprits sont gravés par nos pères.
Mais les premiers ressorts sont faits d'une autre main :
Leur pouvoir est constant, leur principe divin.

Le langage a ses opinions : que peut signifier cette phrase ? Ce premier vers ne présente à l'esprit aucune idée qui soit nette. On pourroit même demander dans quel sens il faut entendre ici le terme de *langage*. Je soupçonne que le poëte a voulu dire : *Il y a chez tous les peuples des préjugés de mode, ausquels on s'assujettit dans le commerce extérieur de la Société.*

Les déhors de l'ame : expression énigmatique, dont la fausseté déshonore un Philosophe, & dont l'obscurité ne convient pas à un Poëte.

Tous les dehors de l'ame sont gravés dans nos esprits par la main de nos pères. Quel langage ! peut-on pousser plus loin le défaut de justesse ? Voilà de ces mots, comme dit Rousseau,

. . . . Qui, par force & sans choix enrôlés,
Heurlent d'effroi de se voir accouplés.

Hij

Les préventions, impressions légè-
res du cachet des mortels, font gravées
par nos pères. L'idée d'un cachet
qui imprime, eſt-elle aſſortie avec
celle d'un burin qui grave? Ces
deux métaphores très-différentes
entr'elles, ne doivent pas être
réunies enſemble, pour exprimer
un même effet.

Mais les premiers reſſorts font
faits d'une autre main : Voici
une troiſiéme idée auſſi étrangère aux deux premieres, que celles-
là le ſont entr'elles. Ainſi, dans
une même phraſe, les préjugés
d'éducation ſont d'abord pré-
ſentés comme l'empreinte d'un
cachet ; au milieu de la phraſe
comme des caractères gravés ;
& à la fin comme des reſſorts
ſubalternes ajoutés à une machine.

Mais quel eſt le raiſonnement
contenu dans ces vers ? Perçons
l'écorce brillante de ces métapho-

res entaffées, & pénétrons jufqu'à leur véritable fens. L'Auteur
fe propofe de réfuter une objection contre la Loi Naturelle.
Voici l'objection : » Les idées de
» devoir & de juftice ne font que
» des préjugés de l'éducation «. Voici la réponfe : » Il eft vrai qu'il y a
» des préjugés d'éducation ; mais
» les idées du bien & du mal ne
» doivent pas être mifes au nombre
» de ces préjugés «. La queftion refte toujours entiere , & l'objection n'eft pas réfutée. Trois métaphores ne valent pas une raifon.

Il faut que l'enfant croiffe afin
qu'il les exerce. *Exercer des refforts*
ne me paroît pas françois.

L'homme (on nous l'a tant dit) eft une énigme obfcure,
Il eft peut-être moins que toute la Nature.

Quoique nous foyons dans un
fiécle où rien n'eft impénétrable
à la Raifon, où les myftères font
approfondis, où les voiles qui
couvroient la Nature font levés ;

je crois cependant que la nature de l'homme fera toujours l'écueil de la raifon humaine. L'énigme ne difparoît qu'à des yeux éclaires par le flambeau de la Révélation. Dans ces deux vers l'Auteur a fans doute deffein de critiquer le grand Pafcal. Cet homme célébre a dit dans fes *Penfées* que la nature de l'homme étoit inconcévable fans la connoiffance du péché originel. Mais comme le péché originel eft un myftère révélé qui paroît choquer les idées communes de la raifon humaine , tous nos modernes Philofophes affeẟent de ne trouver aucune obfcurité dans la nature de l'Homme, pour être en droit de rejetter un myftère qu'ils ne peuvent comprendre. Ils prétendent même que le péché originel bleffe deux attributs effentiels à la Divinité, la bonté & la juftice. Un Etre infiniment bon , nous di-

sent-ils, n'a pû permettre le péché originel ; un Etre infiniment
jufte ne peut imputer le péché
d'un feul homme à toute fa poftérité. Arrêtons-nous un inftant
pour difcuter les objections, &
tâchons, s'il fe peut, de venger
la foi du Chrétien contre la raifon du Déifte.

Je pourrois d'abord répondre :
» Je ne fuis point obligé à entrer
» dans aucune difcuffion fur le pé-
» ché originel ; j'avoue que c'eft un
» myftère de ma Religion : fi donc
» je fuis fûr que ma Religion eft ré-
» vélée, je dois croire tout ce qu'el-
» le m'enfeigne, quand même je ne
» pourrois ni l'expliquer ni la com-
» prendre, parce que j'ai un motif
» de certitude auffi fûr que l'évi-
» dence, je veux dire la Révélation.
» Ainfi, pour m'attaquer, il faut
» commencer par me prouver que
» ma Religion n'eft point révé-
» lée.

H iv

Mais comme on nous attaque avec les armes de la Raison, combattons avec les mêmes armes. J'ai à prouver que Dieu, sans blesser les Loix de sa bonté, a pû refuser au premier homme les secours surnaturels par lesquels il auroit infailliblement persévéré dans la justice.

1°. Dieu est infiniment bon, mais en même tems il est souverainement libre. L'Etre souverainement libre a une liberté sans bornes pour accorder ou pour refuser ses graces ; il est aisé de prouver cette liberté de Dieu. 2°. L'Etre suprême a créé le monde, mais il a pû ne le pas créer ; ainsi il auroit pû laisser tous les êtres ensevelis dans le néant ; il étoit donc libre de ne faire du bien à personne. 3°. Une éternité immense a précédé le point où a commencé la création. Dieu, pendant une éternité, a donc usé de cette li-

berté qu'il avoit de ne faire du
bien à aucun être ? Lors même
qu'il a créé le monde, il n'a tiré
du néant qu'un certain nombre
de créatures possibles. Il a laissé
& il laissera dans un néant éternel une infinité d'autres créatures également possibles, auxquel-
les il ne fera jamais aucun bien.
4°. Il auroit pû donner des biens
plus grands, de plus grandes perfections aux créatures qu'il a pro-
duites ; puisqu'il ne leur a point
accordé tout ce qu'il pouvoit leur
donner, il a donc une entière liberté d'accorder ou de refuser ce
qui lui plaît. 5°. Quoique Dieu ne
puisse rien faire qui soit contraire
à sa sagesse, à sa puissance, à sa
miséricorde, cependant il est libre d'exercer ou de ne pas exercer
ces perfections. La miséricorde,
qui a tant de rapport avec la bonté, nous en offre un exemple frap-
pant ; puisque Dieu a fait grace

aux hommes, tandis qu'il l'a re-
fufée aux anges rébelles. Pourquoi Dieu ne feroit-il pas également libre d'exercer ou de ne pas
exercer fa bonté ? 6°. Quel droit
l'être créé a-t-il aux bienfaits de
fon Créateur ? Entre Dieu &
l'Homme eft un abîme que rien
ne peut mefurer. L'élevation de
l'un eft infinie comme la baffeffe
de l'autre. L'indignité de la créature eft en proportion avec fa baffeffe ; fon indignité eft donc infinie ; Dieu eft donc fouveraine-
ment libre de lui accorder ou de
lui refufer fes faveurs ? Celui qui
auroit pû laiffer tous les Etres
dans le néant & ne leur faire jamais aucun bien, après avoir créé
l'Homme, après l'avoir comblé
de tant de faveurs, a donc pû
s'abftenir d'y ajouter encore un
nouveau bienfait plus grand que
les autres, & auquel il n'avoit pas
plus de droit.

* Je tire ma seconde preuve des raisons que Dieu a pû avoir pour se déterminer dans sa conduite ; & voici comme je raisonne. » En » supposant qu'il y a eu d'assez for- » tes raisons pour arrêter l'exerci- » ce de la bonté divine, dès lors » on ne peut plus dire que Dieu , » en agissant ainsi, ait blessé les ré- » gles de sa bonté «. Cette proposi- tion est facile à prouver. 1°. Si la bonté de l'Etre suprême exi- geoit de lui qu'il fît du bien à ses créatures, malgré les fortes raisons qui pourroient s'y opposer , Dieu pourroit donc agir contre la Rai- son ? c'est-à-dire , la raison incréée pourroit agir contre ses lumieres ? sa sagesse éternelle pourroit agir contre la Sagesse ? Or les loix de la Bonté peuvent-elles exiger que Dieu foule aux pieds les loix de

* Jaquelot , *Examen de la Théologie de Bayle,* page 325.

la Sageſſe ? 2°. Si Dieu, par l'aſ-
cendant impérieux de ſa bonté,
étoit entraîné à faire du bien aux
hommes, quelque fortes que fuſ-
fent les raiſons contraires, Dieu
ne feroit donc plus un être libre;
la Liberté feroit anéantie par la
Bonté ; efclave d'une loi irrévocable, il faudroit néceſſairement
que Dieu fît aux créatures intelligentes tout le bien poſſible : ce
qui eſt évidemment abſurde.

Cette propoſition une fois prouvée, je fais maintenant l'application de cette vérité par quatre pro-
poſitions évidentes, & dont les
trois dernieres font enchaînées
les unes avec les autres. 1°. On
ne peut dire que Dieu, par la
permiſſion du péché originel, ait
violé les loix éternelles de ſa
bonté, qu'en ſuppoſant qu'il n'y
a point eu de fortes raiſons qui,
dans ce moment, ſe ſoient oppoſées à l'exercice de la bonté di-

vine. 2°. Il n'est pas impossible que
Dieu ait eu de fortes raisons pour
refuser au premier homme la grace de la Persévérance. 3°. S'il n'est
pas impossible que Dieu ait eu
de bonnes raisons pour refuser cette grace, il n'est pas certain qu'il
n'en ait point eu. 4°. S'il n'est pas
certain que Dieu n'ait point eu
de fortes raisons de permettre le
péché, il n'est donc pas certain
qu'en le permettant, il ait violé
les loix éternelles de la Bonté.
La difficulté que l'on nous oppose
ne roule donc que sur un argument
probable ; mais lorsqu'on attaque
des vérités révélées, ce n'est point
par de simples vraisemblances,
c'est par de véritables démonstra-
tions qu'il faut les combattre. Car
nous convenons nous-mêmes que
nos Mystères sont au-dessus de la
Raison, mais on ne pourra jamais
nous prouver qu'ils soient contre
la Raison.

*H vij

Un génie hardi mais dangereux, fçavant, mais fans profondeur, philofophe, mais fans méthode, paroiffant fçavoir tout pour tout combattre, ne défendant la Vérité que pour la trahir, né peut-être pour être un grand homme, mais par l'abus de fes talens devenu le fléau de la Religion, Bayle, dans fes écrits ingénieux, inégaux & brillans, a pouffé cette objection contre la bonté de Dieu auffi loin qu'elle peut être pouffée. Il appuye cette objection fur deux raifonnemens ; les voici :

* 1°. La bonté de l'Etre infiniment parfait doit être infinie ; or, elle ne feroit pas infinie, fi l'on pouvoit concevoir une bonté plus grande que la fienne. Cependant fi Dieu avoit permis le péché & fes fuites, on pourroit conce-

---

* *Réponfe aux Queftions d'un Provincial,* Tom. 3 , pag. 817 & fuivantes.

voir

voir une bonté plus grande que celle de Dieu ; fçavoir , celle qui à toutes fes autres graces ajouteroit celle de prévénir le péché & fes funeftes fuites.

2°. Un homme qui n'auroit eu qu'une bonté médiocre auroit ac-cordé fans héfiter les fecours que Dieu a refufés aux hommes , pour-vû qu'il lui eût été auffi facile de les donner , que cela étoit facile à Dieu. Donc , fi Dieu a permis le péché , il a moins de bonté que les hommes qui en ont fi peu. Bayle prouve cela par des exem ples & des comparaifons redoublées d'un pere , d'une mere ou d'un ami.

Je remarque d'abord que ces deux raifons prouvent trop. En effet , fi la premiere raifon eft fo-lide , il s'enfuit que la bonté de Dieu exigeoit qu'il fit aux créatu-res intelligentes tout le bien qu'il pouvoit leur faire ; car s'il ne leur a point fait tout le bien possible ; on pourra toujours imaginer un bien plus grand que celui qu'il a fait, & par conséquent une bonté qui surpasse la sienne. De même la seconde raison prouveroit encore que Dieu étoit obligé de faire tout le bien possible ; puisque Dieu pour faire du bien n'a qu'à le vouloir. Or, quel est le pere, quel est le véritable ami, qui, par un seul acte de sa volonté, pouvant accorder à son fils ou à son ami dix fois plus de santé, de mérite & de bonheur qu'ils n'en possedent, refusât ou négligeât de le faire ?

Maintenant je vais répondre en détail aux deux raisons de Bayle ; & voici comment on peut réfuter la premiere.

1°. Quoique la bonté de Dieu ne fasse que des biens finis, elle ne laisse pas que d'être infinie ; car

car , selon Bayle lui-même, * les créatures étant un être fini, les bienfaits qu'elles peuvent recevoir de Dieu sont finis nécessairement. Ainsi, s'il falloit juger de la bonté Dieu par ses bienfaits, il faudroit conclure qu'elle est bornée , puisque les biens qu'elle fait sont tous limités.

2°. Il en est de la bonté de Dieu comme de sa puissance. Tous les ouvrages émanés de la puissance divine font bornés ; un cercle fatal termine, de tous les côtés, les perfections des êtres créés. Dieu peut élargir ce cercle ; il peut en étendre les limites; mais ce cercle subsistera toujours. Cependant, quoique les ouvrages de Dieu soient bornés , sa puissance ne laisse pas d'être infinie. Et quand même , au lieu de ces globes innombrables suspendus fur nos tê-

* Bayle , *Réponse aux Questions d'un Provincial*, ch. 157.

I

tes, au lieu de ce monde brillant le palais & l'empire de l'Homme, au lieu de ces êtres intelligens, presque égaux à Dieu par la pensée, Dieu n'eût créé qu'un seul atome, nageant &, pour ainsi dire, égaré dans l'immensité de l'espace ; cet atome créé prouveroit encore une puissance infinie, parce qu'il n'y a qu'une puissance infinie qui puisse tirer du néant la plus petite chose. De même les bienfaits les plus bornés du Créateur envers un être créé, marquent une bonté infinie ; car, plus celui qui reçoit un bienfait est indigne de le recevoir, plus la bonté du bienfaiteur est grande. Si donc l'indignité du premier est infinie, il faut nécessairement que la bonté du bienfaiteur soit aussi infinie. Or, Dieu est infiniment élevé au-dessus de l'Homme ; l'indignité peut venir de la simple bassesse ; l'indignité

de l'Homme est donc sans bornes.
La bonté qui surmonte cet obsta-
cle infini est donc infinie elle-
même.

Je viens maintenant à la seconde raison qu'on nous oppose. Cette raison suppose deux choses :
1°. Que la bonté divine est du même ordre que la bonté humaine ;
& qu'ainsi on peut attribuer à la
premiere tout ce qu'on remarque
dans la seconde : 2°. Que dans
les mêmes circonstances, la bonté
humaine auroit accordé les secours que la bonté divine a refu-
sés. De ces deux suppositions, la
premiere est fausse, la seconde est
hazardée sans preuves ; c'est ce
qu'il est aisé de prouver.

En premier lieu, la bonté divine n'est point assujettie aux mêmes loix que la bonté humaine.
Ces deux espèces de bonté ont
des différences marquées qui les
distinguent ; en sorte qu'on ne

doit point juger des devoirs de
l'une par les devoirs de l'autre.

2°. Une des loix les plus in-
violables de la bonté humaine est
qu'on fasse du bien au plus grand
nombre de personnes, qu'il sera
possible : ainsi, pouvant avec facilité délivrer de la mort cent malheureux, si je n'en délivre que la
moitié, je pèche contre cette loi.
La bonté de Dieu n'est point assujettie à cette régle; car il pouvoit donner l'être & le parfait
bonheur à un plus grand nombre
de créatures intelligentes. Il ne
l'a point fait, sa bonté n'exigeoit
donc pas qu'il le fît.

3°. C'est encore une loi de la
bonté humaine, que faisant du
bien à quelqu'un, on lui fasse
le plus grand bien possible. Un
pere violeroit cette loi, si, pouvant avec la même facilité donner à son fils plus de santé, plus
de vertu qu'il n'en a, il refusoit

de le faire. La bonté de Dieu est encore indépendante de cette loi.

4°. Il est contraire à la bonté humaine de ne faire du bien à personne, sur-tout lorsqu'on peut en faire, sans s'incommoder ; mais la bonté divine a pû ne rien créer.

5°. La bonté de l'homme exige qu'il ne differe point à demain le bien qu'il peut faire aujourd'hui aussi commodément. La bonté divine n'a point suivi cette régle ; car elle pouvoit créer le monde cent mille ans plutôt.

6°. La bonté humaine doit pardonner les outrages. Si Dieu le fait, il pourroit ne le pas faire ; & même il ne l'a point fait à l'égard des anges rebelles.

7°. La bonté humaine n'est jamais entièrement pure ; c'est un métal où il entre toujours de l'alliage. La plûpart des devoirs qui lui sont essentiels prennent en par-

tie leur source dans la justice &
dans la dépendance réciproque où
nos besoins mutuels nous mettent
les uns à l'égard des autres. Mais
aucuns de ces mélanges n'altèrent
la bonté de Dieu ; elle est pure,
parcequ'elle est entièrement gra-
tuite.

8°. Nous pouvons n'être pas
indignes des bienfaits des hommes, nous pouvons même les mé-
riter. Mais les faveurs de la bonté divine sont d'un prix si relevé
qu'à leur égard notre indignité a
toujours été & sera toujours infinie.

Il est donc prouvé que la bonté
de Dieu & la bonté de l'Homme
ne suivent pas les mêmes régles.
Ce sont deux espèces de Vertu
d'un caractère différent. Un Philosophe qui veut raisonner juste
ne peut donc tirer aucune consé-
quence de la bonté humaine à la
bonté divine.

Mais, quand même on accorderoit que la bonté du Créateur & celle de l'Etre créé fuivent conftamment les mêmes loix, il feroit impoffible de prouver que, dans les mêmes circonftances, la bonté humaine auroit accordé les fecours que la bonté divine a refufés.

1°. Il eft certain que même la bonté humaine peut fe difpenfer quelquefois de faire du bien, pourvû qu'elle ait de folides raifons qui l'en empêchent : ainfi je pourrois par un menfonge fauver la vie à un innocent prêt à périr fur l'échaffaud ; cependant je lui refufe ce fecours pour ne pas offenfer l'Etre fuprême qui me le défend. En fuppofant donc que la bonté de Dieu eft la même que celle de l'Homme, on pourra dire tout au plus que la bonté divine fera obligée de faire du bien lorfqu'elle n'aura point de folides raifons pour s'en difpenfer. Or, on ne fçauroit prouver que la Sageffe éternelle n'ait point eu de bonnes raifons pour refufer au premier homme ces fecours que l'orgueilleufe fageffe des Philofophes femble exiger. J'ai développé plus haut ce raifonnement.

2°. La fuppofition de Bayle eft ridicule, parce qu'il eft impoffible qu'un homme, c'eft-à-dire, un être créé, un être foible & borné, fe trouve précifément dans les mêmes circonftances où l'Etre infini, l'Etre éternel s'eft trouvé, lorfqu'il a formé fes décrets.

3°. En fuppofant que les circonftances puffent être exactement les mêmes, pour conclure fûrement que l'Homme auroit tenu une conduite différente de celle de Dieu, il faudroit encore fuppofer à l'homme la nature de Dieu-même. Car pour juger de la conduite que l'homme auroit alors tenue, il faut le mettre à la place de Dieu-même. Il faut donc accorder à l'homme tout ce qui a pû influer fur la volonté divine, lorf-qu'elle s'eft déterminée à former fon décret ; & après avoir rendu toutes les chofes égales, il s'a-git alors de décider fi l'Homme auroit accordé les fecours que Dieu a refufés. Mais il eft évident que l'Homme n'eft point dans la même fituation, à l'égard d'un autre homme, que Dieu l'étoit alors à l'égard de fa créature : car *, entre un homme & un autre homme, il y a de la proportion, des rapports, des obligations qui réfultent de leur nature & de leur égalité originelle ; au lieu qu'entre Dieu & l'Homme il n'y a aucune proportion ; l'Eternel ne doit rien à l'Homme. L'hypo-

---

* Jaquelot, *Examen de la Théologie de Bayle*, pag. 325.

thése de Bayle est donc absurde, puisque, pour la réalifer & pour en tirer une conclusion sûre, il faudroit égaler l'Homme à Dieu; & alors il ne penseroit, il n'agiroit plus en homme, il penseroit & agiroit en Dieu.

4.°. Enfin connoissons-nous toutes les circonstances où Dieu s'est alors trouvé ? Connoissons - nous tous les motifs qui l'ont déterminé? Foibles mortels, avons-nous assisté au conseil de l'Etre suprême lorsqu'il a formé ce décret terrible & impénétrable ? Nous vantons, avec un stupide orgueil, notre misérable bonté. Rivaux insensés de la Divinité, nous osons opposer ce vain phantôme de Vertu à la bonté éternelle & infinie; & nous crions fièrement que dans les mêmes circonstances nous eussions agi autrement que Dieu; comme si notre œil pouvoit sonder cet abîme ; comme si nous

étions inftruits de toutes les circonftances qui ont accompagné
ce décret. Brifez, brifez les barrieres qui, de tous côtés, bornent l'efprit humain ; que l'Etre
fuprème, vous emportant d'un
vol rapide au-delà des temps &
des mondes, à travers le torrent
des fiécles, vous ramene en ar-
riere au vafte fein de l'Eternité ;
qu'il vous arrête au point où fa
fageffe forma les décrets immuables de fa volonté ; là, qu'ou-
vrant à vos yeux le fanctuaire impénétrable de fon intelligence infinie, il vous permette de contempler le tableau immenfe de
tous fes deffeins ; les fins qu'il
s'eft propofées dans tous fes ouvrages ; les plans innombrables
de tous les mondes poffibles ;
les raifons fublimes qui ont déterminé fon choix ; que par fa toute-
puiffance, il faffe en même temps
que votre efprit, dans le cercle

étroit de son imagination, puisse concevoir & réunir tout le vaste plan de la Divinité : alors, prononcez, j'y consens ; décidez de ce que Dieu a dû faire, & de ce que vous auriez fait vous-mêmes; mais jusques-là sçachez vous arrêter ; &, puisque tant de choses vous sont inconnuës, n'osez pas juger votre Dieu ; ne réunissez point la témérité avec l'ignorance, & l'insolence avec la bassesse.

On ne peut donc pas nous prouver que la permission du péché soit incompatible avec la bonté de Dieu. Les deux grandes objections de Bayle ont beaucoup plus d'éclat que de solidité. Ce sont des armes brillantes, mais fragiles. Voyons maintenant si les objections contre la justice divine sont plus réelles. On nous dit : » Un Etre infiniment juste ne » peut imputer le péché d'un seul » homme à toute sa postérité«.

1°. J'ai déja remarqué que le
péché originel eſt un myſtère : je
ne prétends donc point l'expliquer.
Je ſçais que tout ce qui eſt myſtère eſt objet de ma Foi , & non pas
de ma Raiſon. Je crois ce myſtère , parce qu'il m'eſt révélé : ſi
vous recevez la Révélation , vous
devez croire , avec moi , le péché
originel ; ſi vous ne la recevez
pas , la queſtion n'eſt plus que de
ſçavoir s'il y a une Révélation , &
ſi ce myſtère eſt au nombre des
choſes révélées.

2°. Sans entrer dans tous les
ſyſtèmes qu'ont inventé les Théologiens , pour expliquer la tranf-
miſſion du péché originel , ſans
percer toutes les routes obſcures
de ce labyrinthe tortueux , arrêtons-nous aux idées ſimples &
naturelles qu'une ſage Raiſon peut
nous offrir ſur ce ſujet. Pour juger de ce grand événement , il
ſuffit d'en retracer l'hiſtoire. Un

être incréé, immenfe, éternel exiftoit avant tous les temps, avant les cieux, la terre, les anges & les hommes. Plein de lui-même il habitoit dans fon immenfité, connu de lui feul, & fe fuffifant à lui-même, lorfqu'il réfolut de créer un être à fon image pour que cet être le connût, l'adorât & fût heureux. D'abord, fa parole toute puiffante rendant le néant fécond, il créa un monde brillant & magnifique, pour fervir de palais à cet être nouveau ; enfuite il prit un peu d'argile qu'il pétrit, & dont il forma un corps ; il anima cette bouë organifée, d'un fouffle fpirituel & immortel ; cet être compofé d'un corps & d'une ame, il l'appella un *homme*, & lui donna la terre pour fon féjour. Alors ce Monarque abfolu & tout-puiffant fit un traité avec fon fujet, & il lui dit : » Ouvra-
» ge de mes mains, écoutes la voix

» de ton Maître. Tu exiftes ; mais
» il y a deux inftans que tu n'étois
» pas, & tu aurois pû éternellement
» ne pas être. Je t'ai créé ; de toi
» doit naître une innombrable po-
» ftérité. Tu as envers moi des
» devoirs à remplir. Si tu les ob-
» ferves, tu joüiras d'une félicité
» & d'une innocence éternelle ,
» & ta poftérité , fans avoir fubi
» l'épreuve, partagera ta récom-
» penfe ; mais fi tu es rebelle à
» mes loix , de même auffi tes
» defcendans , avec l'empreinte
» fatale de ton crime , en porte-
» ront la punition «.

J'ofe ici interroger les hommes. Que manque-t-il à ce traité
pour qu'il foit jufte ? C'eft un Roi
qui traite avec fon fujet ; un créateur avec l'être qu'il a créé. D'ailleurs, il y a dans les deux partis
du traité une compenfation égale
de dangers & d'avantages. D'un
côté , fi l'Homme fe rend crimi-

nel, sa postérité devient coupable & malheureuse ; mais s'il persiste dans l'innocence, cette même postérité doit joüir d'un bonheur inaltérable. Le crime du premier homme coulera avec son sang dans les veines de ses descendans : mais s'il demeure fidèle, ses descendans recueilleront les fruits de sa fidélité. L'épreuve n'aura été que pour lui, la récompense leur sera commune. Ce traité est donc juste ? Sa justice est prouvée par la qualité des personnes, c'est-à-dire, la puissance absolue de Dieu, & la dépendance de l'Homme, & par la compensation égale des maux & des biens, suivant que l'un des deux événemens prévû dans le traité, devoit arriver.

3°. Pour que cette objection, contre la justice divine, fût réelle, il faudroit prouver que la justice de Dieu & la justice de l'Homme

me font du même ordre , & c'eſt ce qui eſt impoſſible. Bayle lui-même a reconnu cette vérité : voici ſes propres termes : * » Si l'O-
» rigéniſte répond que les Vertus
» de Dieu ſont tranſcendentelles ;
» qu'elles ne peuvent point être
» renfermées dans la même caté-
» gorie que celles de l'Homme ;
» qu'il n'y a rien d'univoque entre
» nos Vertus & celles de Dieu, &
» que par conſéquent nous ne pou-
» vons juger de celles-ci , ſelon les
» idées que nous avons de la Vertu
» en général , il arrêtera tout court
» ſon adverſaire «. Quoi donc ! ne ſçavons-nous pas qu'entre les choſes divines & les choſes humaines, il y a un abîme qui les ſépare ? Nous employons les mêmes expreſſions pour déſigner certaines perfections de Dieu & certaines

---

* *Réponſe aux Queſtions d'un Provincial,* Tom. 4. pages 1185 & 1186.

*K

Vertus de l'Homme : & parceque l'expreſſion eſt la même, nous concevons les mêmes idées des unes & des autres, c'eſt-à-dire que nous abuſons de notre foibleſſe même, pour oſer cenſurer l'Etre ſuprême ; car notre langage n'eſt ſi imparfait, que parce que nos idées ſont foibles & bornées : &, ſi nos penſées pouvoient meſurer l'infinité de Dieu, bientôt nous employerions des termes différens, pour déſigner ſes perfeɔtions : nous n'aurions plus alors la ſuperbe & ridicule audace de juger Dieu par l'Homme, & la profondeur incompréhenſible de ſes vertus, par cette ombre de Vertuque nous croyons avoir ; mais nous adorerions ſes décrets, au lieu de les juger ; étant plus grands & plus éclairés, nous ſerions plus reſpeɔtueux, & nous reconnoîtrions que ce qui nous paroît injuſte

juſte dans l'Homme , peut être juſte dans Dieu.

* 4°. Selon les idées que les hommes eux-mêmes ont de la Juſtice , cette Vertu conſiſte à rendre à chacun ce qui lui eſt dû. La premiere juſtice dans Dieu eſt donc de ſe rendre à lui-même ce qui lui eſt dû. Ainſi , tant que Dieu n'excédera point les bornes de ce qu'il ſe doit à lui-même , on ne pourra point dire qu'il ait violé les loix de la Juſtice. Maintenant je demande ſi c'eſt à l'eſprit humain à définir & à marquer ce que Dieu ſe doit à lui-même. Je vous appelle tous , eſprits audacieux , qui peſez nos myſtères au

---

* *Juſtitia eſt conſtans & perpetua voluntas jus ſuum unicuique tribuendi.* Inſt. Liv. 1. tit. 1. Ulpi. C. 1 Dig. de Juſtitiâ.

Affectio animi ſuum cuique tribuens quæ Juſtitia *dicitur.* Cic. 5. defin. c. 23.

Τα cΦιλομιτα ιxαντα αποδιδοναι. Plato, L. 1. de Rep.

poids de votre folle Raifon. Raf-
femblez-vous de toute part. Quel
eft celui d'entre vous qui ofera
marquer les bornes de la juftice
divine ? Qui de vous ofera dire
à fon Dieu : » Dieu que j'adore,
» ta vengeance ira jufques-là, & ne
» paffera point ces limites« ? Vous
ne l'oferiez, fans doute, & cependant c'eft ce que vous faites
lorfque vous affurez que Dieu ne
peut, fans injuftice, punir tous
les hommes du crime du premier
homme. La balance à la main,
vous pefez les droits de la Divinité, & vous prononcez fièrement jufqu'où ces droits doivent
s'étendre. Je crois voir un infecte
plein d'orgueil, qui, rampant avec
peine fur la furface de la bouë,
prétend mefurer l'immenfité.

5°. Enfin, je répons que la tranf-
miffion du péché originel, quoiqu'elle foit un myftère, peut feule
expliquer les contrariétés éton-

nantes que l'on remarque dans la
nature de l'homme. C'est par elle seule que nous pouvons comprendre pourquoi l'homme réunit
tant de bassesse avec tant de grandeur ; pourquoi dans un corps si
foible, il a une ame si élevée ;
pourquoi cette ame, qui pense , qui rassemble sans confu-
sion le passé avec le présent ,
qui perce dans les profondeurs
de l'avenir, cette ame née pour
la Vérité , & qui trouve en soi
des vérités éternelles & immuables ; cette ame qui porte empreinte dans elle-même l'idée immense & profonde de l'infini , est
cependant , sur tant d'autres objets, assujettie à l'ignorance, aveu-
glée par l'erreur, nageant dans
une incertitude éternelle , ou bien
embrassant le mensonge pour la
Vérité , ne connoissant pas même
les ressorts de ce corps à qui
elle commande d'une maniére si

absolue ; étrangére &, pour ainſi dire, égarée dans cet empire du monde, dont elle eſt la reine. Tant de contradictions qui ſe trouvent dans l'Homme ; cette lumiere pure qui lui fait connoître les charmes de la Vertu, & les penchans impétueux qui l'entraînent au crime ; ce déſir inſatiable du bonheur, déſir dont rien ne peut remplir l'immenſité ; & la néceſſité fatale qui aſſujettit l'homme aux chagrins dévorans, aux maladies cruelles, à la douleur & aux larmes ; ce ſentiment ſi noble & ſi élevé, qui cherche à étendre les limites de notre être, en s'élançant vers l'immortalité ; & cette loi terrible, irrévocable qui nous ſoumet à la mort, & qui paroît confondre nos cendres avec les cendres de la brute ; voilà ce qui, de tout temps, a confondu la raiſon des Philoſophes. Voilà ce que Platon lui-même, ce grand homme, digne d'avoir vécu dans un autre fiécle, n'a jamais pû expliquer ; voilà ce qui a enfanté le fyftème monftrueux des deux principes, ce fyftème fi abfurde, & cependant adopté par tant de nations ; né chez les Egyptiens, reçu chez les Grecs, dominant chez les Perfes, établi chez la plûpart des nations orientales. Et en effet, fans le flambeau de la Révélation, comment porter la lumiere dans cet abîme ? * Sous un Dieu jufte, on ne peut être malheureux fans être coupable. L'Homme n'apporte aucun crime en naiffant ; pourquoi donc eft - il condamné à fouffrir ? Pourquoi le premier inftant où il refpire eft-il pour lui le premier inftant de la douleur ? Pourquoi enfin ce mélange inoüi de mifère & de

---

* Sub Deo jufto, nemo mifer, nifi mereatur. S. Aug.

K iv

grandeur ? Cette contradiction
éternelle de deux natures oppo-
sées qui, dans l'homme, se heur-
tent & s'entre-choquent sans cef-
se avec violence. On combat le
péché originel du côté de la justice divine, & c'est cette justice
elle-même qui est la plus forte
preuve du péché originel ; car
Dieu étant juste, & l'Homme étant
malheureux, il faut que cet état
de l'Homme soit un état de punition : mais si l'Homme est puni, il
doit être coupable. C'est ce qui
a fait dire au grand Pascal ce génie, l'étonnement & l'honneur
de l'Humanité : » Sans ce mystère,
» * le plus incompréhensible de
» tous, nous sommes incompré-
» hensibles à nous-mêmes. Le
» nœud de notre condition prend
» ses retours & ses plis dans l'a-
» bîme du péché originel ; de for-

---

* *Pensées de Pascal*, ch. 3. art. 8.

» te que l'Homme eſt plus incon-
« cevable ſans ce myſtère, que
» ce myſtère n'eſt inconcevable
» à l'Homme «.

Quand de l'immenſité Dieu peupla les déſerts ,
Alluma le Soleil , & ſouleva des Mers ;
,, Demeurez , leur dit-il , dans vos bornes preſcrites ᶜᶜ.
Tous les mondes naiſſans connurent leurs limites.
Il impoſa des Loix à Saturne , à Vénus ,
Aux ſeize orbes *divers* , dans les cieux contenus ,
Aux Elémens unis , dans leur utile guerre ,
A la courſe des vents , aux flèches du tonnerre ;
A l'animal qui penſe & né pour l'adorer :
Au ver *qui nous attend* , né pour nous dévorer ,
Avons-nous bien l'audace en nos foibles cervelles ,
D'ajouter nos décrets à ſes Loix immortelles !
Hélas ! ſeroit-ce nous , fantômes d'un moment ,
Dont l'être imperceptible eſt voiſin du néant ,
De nous mettre à côté du maître du tonnerre ,
Et de donner en Dieux des ordres à la terre.

Je ne cite ces vers que pour
les admirer. Ces idées ſont grandes ; & la maniére dont elles ſont
exprimées me paroît neuve. On
y reconnoît une touche également
forte & brillante. Cependant, plus
ces vers ſont beaux , plus je ſuis
faché que Mʳ de V * * y ait laiſſé

quelques petites taches qui les défigurent.

Souléva des mers pour dire *créa les mers* ne me paroît point une expreſſion naturelle ; le mot *soulever* préſente l'idée d'une tempête , & probablement la mer ne fut point créée dans un état d'orage.

Dans vos bornes preſcrites ; je crois qu'il auroit fallu mettre : *demeurez dans les bornes qui vous ſont preſcrites* , ou ſimplement, *Demeurez dans vos bornes* : car on dira bien : *Je demeure dans les bornes preſcrites* , mais je ne crois pas qu'on puiſſe dire : *Je demeure dans mes bornes preſcrites.*

Aux ſeize orbes divers : l'épithete de *divers* paroît ſuperfluë , & n'avoir été ajoutée que pour la meſure.

Au ver qui nous attend , *né pour nous dévorer ; qui nous attend* : ſtyle de converſation , qui ne convient pas à la nobleſſe de ce poëme.

Né

Né pour nous dévorer : idée baſſe, & qui préſente une image
choquante. L'imagination fran-
çoiſe eſt une ſybarite voluptueuſe qui veut être ménagée avec
la plus grande délicateſſe. Elle
exige qu'on écarte avec ſoin toutes les images un peu trop fortes, & même celles qui pourroient
cauſer le moindre dégoût à ſa mol-
leſſe.

TROISIÉME PARTIE.

L'Univers eſt le temple où ſiége l'Eternel ,
Là, chaque homme à ſon gré veut bâtir un autel.

Où ſiége l'Eternel : on dit : *Un
Juge ſiége dans ſon tribunal* : je
ne crois pas qu'on diſe qu'une
Divinité *ſiége dans ſon temple* ; on
diroit bien qu'elle réſide ou qu'elle habite dans un temple.

Bâtir un autel : on dit bâtir un
temple, & *dreſſer* ou *élever* un autel.

Chacun vante fa foi , fes Saints & fes miracles ,
Le fang de fes Martyrs , la voix de fes oracles.

Dans ces deux vers toutes les religions paroiffent être mifes au même rang, comme fi toutes portoient avec elles les mêmes motifs de perfuafion , le même caractere de vérité. Cependant , il n'y en a qu'une feule qui réuniffe en fa faveur toutes les preuves raffemblées dans ces deux vers ; il n'y en a qu'une qui puiffe offrir cette multitude innombrable de Saints d'une vertu fi pure & fi généreufe ; fi fublime & fi éloignée de l'orgueil & du fafte ; des miracles fi éclatans & fi publics, avoués par ceux - mêmes qui avoient intérêt de les nier , répétés mille fois dans le temps de leur naiffance , tranfmis à nous par des hommes qui n'ont pû être ni trompés ni trompeurs ; des prophéties fi inconteftables dans leur origine , fi claires & fi poft-

tives dans leurs paroles, fi exa-
ctes & fi fidéles dans leur accom-
pliffement : enfin une foule fi pro-
digieufe de Martyrs de tous les
rangs, de tous les âges, de tous
les fexes, dans tous les fiécles &
dans tous les climats. Témoins
innombrables qui, d'un bout du
monde à l'autre, ont dépofé fur
les échaffauds pour la certitude
de leur foi, & dont le fang lui-
même devenoit une femence de
fidéles.

L'un penfe, en fe lavant cinq ou fix fois par jour,
Que le Ciel voit fes bains d'un regard plein d'amour,
Et qu'avec un prépuce on ne pourroit lui plaire.
L'autre a du Dieu Brama défarmé la colère,
Et, pour s'être abftenu de manger du lapin,
Voit les cieux entr'ouverts & des plaifis fans fin.

1°. Une familiarité baffe dé-
grade le ftyle de ces vers entièrement indignes de la nobleffe
d'un poëme férieux. *Se laver cinq
ou fix fois par jour. Voir d'un regard plein d'amour. S'abftenir de*

manger du lapin. Voir des plaisirs sans fin. Quelles phrases ! quel sty-le ! quel coloris ! En voyant ces vers mêlés parmi tant de beaux vers , je crois voir du plomb in-crusté dans de l'or.

2°. L'Auteur, par des raille-ries , s'efforce vainement de jet-ter un vernis de ridicule sur plu-sieurs pratiques anciennes éta-blies chez des peuples très-sages, & consacrées chez les Juifs par l'autorité de Dieu-même. Dans les deux premiers vers , il attaque les Purifications. Au rapport d'Hérodote & de Porphyre, elles étoient en usage chez les Egyp-tiens ; leurs sacrificateurs se la-voient le corps deux fois la nuit & deux ou trois fois le jour. Dieu lui-même , dans la loi qu'il don-na aux Juifs , leur prescrivit des purifications légales. On peut en apporter plusieurs raisons : 1°. La netteté du corps est un symbole

de la pureté de l'ame. 2°. La netteté est néceffaire pour entretenir
la fanté & prévenir les maladies,
principalement dans les pays
chauds, où les purifications ont
été en ufage, comme dans l'E-
gypte, dans la Paleftine & dans
les Indes. 3°. Elles étoient fur-
tout néceffaires parmi les Anciens qui ne connoiffoient point
encore l'ufage du linge. 4°.
Dieu a voulu que chez les Juifs
ces préceptes fiffent partie de la
Religion; parceque regardant l'intérieur des maifons & les actions
les plus fecrettes de ia vie, il n'y
avoit que la crainte de Dieu qui
pût les faire obferver. 5°. Dieu,
par ces loix, a voulu faire connoître aux Juifs combien étoit
faint le Dieu qu'ils adoroient, &
dans quelle pureté ils devoient
marcher devant fes yeux. D'ailleurs, il les accoutumoit à recon-
noître que rien ne lui étoit ca-

ché, & qu'il ne fuffifoit pas d'ê-
tre pur aux yeux des hommes,
C'eft pourquoi il leur ordonna de
fe baigner, & de laver leurs ha-
bits, lorfqu'ils avoient touché un
corps mort ou un animal immon-
de, & dans plufieurs autres occafions. Voilà le fondement de ces
loix qui paroiffent groffieres &
ridicules à nos Beaux-efprits philofophes ; mais qui, dans la réalité, n'étoient pas moins utiles
pour la fanté que pour les mœurs.

3°. Le Poëte prétend encore
lancer les traits du ridicule fur
la Circoncifion ; mais fes traits
font des traits de plomb, fans
pointe & fans éclat. Plufieurs nations ont obfervé cette pratique.
Hérodote & Philon rapportent
que les Egyptiens regardoient la
Circoncifion comme une purifi-
cation néceffaire. Nous voyons
dans Jérémie que tous les defcendans d'Abraham, comme les If-
maélites,

maélites, les Madianites, les Idu-
méens, & que les Ammonites &
les Moabites, descendans de
Loth, étoient assujettis au même
usage. La Genèse nous apprend
que Dieu lui-même en fit un com-
mandement exprès à Abraham &
à toute sa postérité; c'étoit, pour
ainsi dire, la marque de l'allian-
ce qu'il contractoit avec son peuple. La Loi nouvelle, loi toute
spirituelle & qui éleve l'homme
au-dessus des sens, a abrogé cette loi de chair, & faite pour un
peuple grossier : mais une pratique que Dieu lui-même a ordon-
née, & qui a fait long-temps une
partie de la religion du Peuple
saint, méritoit du moins de n'être
pas tournée en ridicule.

4°. L'abstinence de certains ani-
maux n'est attaquée, ni avec plus
de succès, ni avec plus de justice. La loi de Moyse avoit établi
une distinction parmi les viandes

*L

en permettant les unes & défendant les autres ; cette abstinence
étoit également utile pour la santé
& pour les mœurs. La plûpart des
nourritures interdites aux Juifs
étoient pesantes & difficiles à di-
gérer : d'ailleurs , ces sortes de
défenses étoient un joug imposé
à des esprits indociles , pour les
faire sans cesse souvenir de leur
dépendance. Elles exerçoient
l'homme à la sobriété , en l'accou-
tumant à un petit nombre de viandes peu recherchées. C'étoit un
frein pour celui de nos sens, qui est
si voluptueux & si superbe , qui
cherche sans cesse à réveiller, par
la diversité infinie des mets , son
orgueilleuse délicatesse. Enfin elles assoupissoient les flammes impures de la volupté, en leur ôtant
l'aliment funeste que lui fournis-
sent les plaisirs de la table. J'aurois donc voulu que le Poëte n'eût
point affecté de présenter, d'une

manière ridicule, un usage établi, à la vérité, chez quelques peuples, par la superstition, mais fondé chez d'autres sur des raisons aussi sages & aussi solides, & que la Religion chrétienne elle-même a consacré, pendant un certain temps de l'année.

Des Chrétiens divisés les infâmes querelles
Ont, au nom du Seigneur, apporté plus de maux,
Répandu plus de sang, creusé plus de tombeaux,
Que le prétexte vain d'une utile balance
N'a jamais désolé l'Allemagne & la France.

Il y a long-temps que la Raison humaine déclame contre les fureurs du Fanatisme. Lucréce, après avoir fait une description éloquente du sacrifice d'Iphigénie, s'écrie :

Tantùm Relligio potuit suadere malorum !

Mais Lucréce confond ici le Fanatisme avec la Religion : il impute à la Religion des crimes qu'elle abhorre, & ne cherche à

* L ij

la rendre coupable que pour avoir droit de la combattre. Évitons un si dangereux exemple. On ne le sçait que trop; le Fanatisme est une semence fatale, qui germe dans le sein de toutes les Religions, & qui y porte sans cesse des fruits d'horreurs & de discordes. Chaque siécle est marqué par des fureurs. Chaque nation a là-dessus des monumens affreux qui doivent l'épouvanter en la faisant rougir. Frémissons, j'y consens, frémissons à la lecture des attentats de la Ligue & des massacres de la S. Barthelemy. Baignons de nos larmes ces pages funestes de nos histoires. Que ces jours abominables, ces jours de mort & de sang soient pour nous un objet éternel d'horreur & d'exécration : mais ne rendons pas la Religion responsable de tant de forfaits qu'elle déteste. Malgré tant d'horreurs commises au sein du Christianisme

me , & au nom de Dieu , la Religion Chrétienne n'en est pas moins une Religion respectable, une Religion sainte , qui adore un Dieu de paix, & qui abhorre le sang des hommes.

La combattre, parceque dans son sein il y a eu des Fanatiques, c'est vouloir égorger une mere , parceque quelques-uns de ses enfans ont commis des crimes.

Un doux Inquisiteur, un Crucifix en main ,
Au feu, par charité, fait jetter son prochain ,
Le pleurant avec lui d'une fin si tragique ,
Prend pour s'en consoler son argent qu'il s'applique ;
Tandis que de la grace ardent à se toucher ,
Le peuple loüant Dieu , chante autour d'un bucher.

Le Poëte , toujours ardent à saisir tout ce qui paroît défavorable à la Religion & à ses Ministres, a voulu répandre sur ces vers le sel amer d'une mordante causticité , mais du moins il n'a pas réussi à y répandre les graces & le coloris de la poësie. *Un doux*

Inquifiteur : une fin tragique : fai-
re jetter fon prochain au feu : s'ap-
pliquer l'argent de quelqu'un : ar-
dent à fe toucher de la grace. Toutes ces expreſſions , indignes d'u-
ne profe un peu élevée , feroient
beaucoup mieux placées dans une
converfation que dans un poëme ;
on pourroit même douter fi les
deux dernieres (*S'appliquer de*
l'argent, & ardent à fe toucher) font
bien françoifes.

A ce portrait , familièrement
fatyrique , oppofons cet autre
tableau du même Auteur.

. . . . , ... Ce fanglant tribunal ,
Ce monument affreux du pouvoir monacal ,
Que l'Efpagne a reçu , mais qu'elle-même abhorre ,
Qui venge les autels , & qui les déshonore,
Qui, tout couvert de fang , de flammes entourré ,
Egorge les Mortels avec un fer facré ;
Comme fi nous vivions dans ces temps déplorables
Où la terre adoroit des Dieux impitoyables
Que des Prêtres menteurs , encor plus inhumains ,
Se vantoient d'appaifer par le fang des Humains.

Quelle force , quelle harmonie

dans ces vers! quelle vivacité de coloris ! Eſt - ce donc le même pinceau qui a tracé les deux tableaux ?

Plus d'un bon Catholique , au ſortir de la Meſſe ,
Courant ſur ſon voiſin pour l'honneur de la Foi , &c.

1.°. Le nom reſpectable & ſaint d'un ſacrifice auſſi auguſte que celui de la Meſſe , ne devroit point être mêlé parmi ces déclamations ſatyriques.

2°. Un Fanatique qui , de ſang froid , égorge un homme , parceque ce malheureux a une façon de penſer différente de la ſienne , n'eſt point *un bon Catholique* ; c'eſt un monſtre qui ne connoît ni ſa religion , ni l'humanité ; indigne également du nom de Chrétien & du nom d'Homme.

3°. *Un bon Catholique courant ſur ſon voiſin., au ſortir de la Meſſe :* ſtyle de converſation, & d'une familiarité indécente dans un ouvrage ſérieux.

*L iv

Calvin & ſes ſuppots , guettés par la Juſtice ,
Dans Paris , en peinture , allerent au ſupplice.

Ces deux vers durs & familiers , réuniſſent le défaut d'harmonie avec la baſſeſſe des expreſſions.

Calvin & ſes ſuppots : jamais *ſuppots* n'a été un terme noble.

Guettés : expreſſion baſſe & qui n'eſt bonne , tout au plus , que pour une fable ou pour un conte.

Par la Juſtice : le mot de *Juſtice* pris dans ce ſens , n'a jamais été reçu que dans des vers de Comédie.

Aller au ſupplice en peinture : phraſe de converſation , & qui même n'eſt point heureuſe pour ſignifier ce que l'Auteur veut exprimer.

Servet fut en perſonne immolé par Calvin.

En perſonne : expreſſion familière , & qui rend ce vers proſaïque.
D'où

D'où vient que deux cents ans, cette pieuse rage,
De nos ayeux grossiers fut l'horrible partage?
C'est que de la Nature on étouffa la voix :
C'est qu'à sa voix sacrée on ajouta des loix.

1°. Peut-on dire *ajouter des loix à la voix de la Nature* ? Cela est-il exact ?

2° Quel est le véritable sens de l'Auteur dans ce dernier vers? Quelles sont ces loix ajoutées à la voix de la Nature, & qui, chez les hommes, ont été la source du Fanatisme ? Ces loix ajoutées à celles de la Nature, ne peuvent être que des loix de Morale, ou des loix de Culte ; ainsi ce vers peut présenter deux sens.

L'Auteur ne développe point ici ses véritables idées : voyons si nous ne pourrions pas lever un coin du voile qui les couvre. Voici le premier sens : La voix de la Nature nous commande l'humanité, mais les hommes, emportés par la superstition, ont cru follement qu'il y avoit des occasions où le Devoir les obligeoit de sacrifier l'humanité au zèle de la Religion, & ils ont ajouté cette loi barbare aux loix que leur prescrivoit la Nature. Voici le second sens que l'on pourroit donner à ce vers : La Religion Naturelle nous prescrit, envers l'Etre suprême, un culte simple, un hommage qui n'est fondé que sur la Raison : mais les hommes, à ce culte si simple, ont ajouté de nouvelles loix, de nouvelles cérémonies, un nouveau culte ; & ces nouvelles opinions ont enfanté le Fanatisme. Si ce dernier sens est celui de l'Auteur, comme peut-être quelqu'un pourroit le soupçonner, en lisant la suite de ce Poëme, je lui répons, 1°. Parmi les Chrétiens, ce ne sont point les hommes qui ont introduit ces nouvelles loix, ce nouveau culte ajouté ou substitué au culte de la Religion

Naturelle : ces loix font dreffées fur la Révélation ; la Révélation eft contenuë dans les Livres Saints dont l'autorité eft inconteftable. 2°. Ce ne font point ces nouveaux préceptes ajoutés aux préceptes de la Religion Naturelle , qui ont enfanté le monftre du Fanatifme ; bien loin d'altérer la Loi Naturelle , ils l'ont perfectionnée. Des loix qui profcrivent les defirs , même de vengeance , qui ordonnent d'aimer tous les hommes , de pardonner les outrages , de faire du bien à fes ennemis , n'ont jamais pû autorifer , parmi les hommes , les haines , les fureurs , les perfidies , les affaffinats & toutes les horreurs qui accompagnent le Fanatifme.

I'afin grace , en nos jours, à la Philofophie
Qui de l'Europe , au moins , éclaire une partie ;
Les Mortels , plus inftruits , en font moins inhumains.

Ces trois vers, & fur-tout les deux premiers, n'ont rien de poë-

tique que la rime : dérangez la
mesure, on croit lire de la prose.
Au reste, ces vers sont justes, &
renferment une vérité. La Superstition & le Fanatisme furent presque toujours enfans de l'ignorance. Dans un siécle éclairé, on se
forme des idées plus justes de la
Divinité ; on connoît mieux les
devoirs de l'Homme envers l'E-
tre suprême & envers ses semblables. Mais en même-temps qu'on
rend justice aux lumieres de notre siécle, on ne peut s'empêcher de déplorer l'abus funeste
que tant d'esprits frivoles & audacieux font de la Philosophie,
en voulant pénétrer les mystères
de la Religion les plus impéné-
trables, & soumettre au jugement
de la Raison ce qui doit être l'objet de notre Foi. Si, dans notre
siécle, la Religion a gagné par les
lumieres, elle perd infiniment davantage par l'incrédulité.

Mais, si le Fanatisme étoit encor le maître,
Que ses feux étouffés seroient prêts à renaître!

1° La composition grammaticale du second vers ne me paroît point exacte & naturelle, à cause de cette exclamation subite à laquelle le Lecteur ne s'attend pas. D'ailleurs, on ne sçait d'abord ce que signifie ce *Que* qui est à l'entrée du vers.

2°. *Si le Fanatisme étoit le maître* : cette expression faite pour la conversation paroît étrangère dans un Poëme noble.

3°. Ces deux vers semblent contredire les quatre vers précédens. En effet, l'Auteur avoit dit que dans ce siécle les hommes étant plus instruits étoient moins cruels; il dit ici qu'ils seroient encore prêts à commettre les mêmes horreurs, s'ils en avoient le pouvoir. Je crois, entre ces deux idées, appercevoir une contradiction marquée.

On s'eſt fait , il eſt vrai , le généreux effort
D'envoyer moins ſouvent ſes freres à la mort ;
On brûle *moins d'Humains* dans le ſein de Lisbonne ;
Et même le Muphti , qui rarement raiſonne ,
Ne dit plus au Chrétien que le Sultan ſoumet :
,, Renonce au vin , Barbare , & crois à Mahomet ,,
Mais *du beau nom de chien* ce Muphti nous honore ,
Dans le fond des enfers , il nous envoye encore.
Nous le lui rendons bien , nous damnons à la fois
Ce peuple circoncis , &c.

Ces vers platement burleſques , indignes également & d'un Chré- tien & d'un Poëte , réuniſſent la familiarité la plus rampante dans les expreſſions , avec les idées les plus indécentes. En liſant ces vers, je ne puis croire qu'ils ſoient de notre Poete. En effet, y recon- noît-on la touche de cet homme célébre , dont les ouvrages font l'admiration de toute l'Europe? Sans doute , c'eſt encore ici un de ces brigandages de la litterature , dont il s'eſt plaint ſouvent avec tant d'éloquence. Quelques - uns de ſes ennemis, auſſi mépriſables par leur goût, que dangereux par leur maniere de penſer, ont inſéré dans ce Poëme tous ces morceaux familiers & bas qui déshonorent la plume d'un ſi grand écrivain ; &, ſuivant l'expreſſion de l'Auteur lui-même, ils ont entaſſé dans de mauvais vers, avec autant de ſottiſe que de malice, une foule d'expreſſions dures ou triviales. Mais l'artifice eſt groſſier ; il ne peut tromper perſonne. Car quel eſt l'homme de bon ſens qui pourroit imputer de ſemblables vers à M^r de * * ? Ce grand homme connoît très-bien ce précepte du moderne légiſlateur des Poëtes :

Quoi que vous écriviez, évitez la baſſeſſe ;
Le ſtyle le moins noble a pourtant ſa nobleſſe.

Mais quel eſt le ſens de ces vers ? le voici : L'Auteur ſe plaint que la Philoſophie n'ait point encore fait aſſez de progrès dans l'Europe, pour arracher entièrement certain vieux préjugés fur la Religion. On a encore la ftupidité de croire que toutes les Religions & toutes les fectes ne font point égales. Le Poëte tourne en ridicule le Mufulman & le Chrétien, comme des fous qui prétendent tous deux qu'on ne peut être fauvé à moins de croire à Jefus-Chrift, ou à Mahomet. Ainfi, felon l'Auteur, toute Religion eft indifférente ; elles font toutes également agréables à l'Etre fuprême. Voici les conféquences qu'on peut tirer de ce principe 1°. La Religion chrétienne n'eft qu'une fable, puifqu'elle enfeigne clairement, comme un de fes dogmes principaux, que perfonne ne fera fauvé hors de fon fein , & qu'il ne peut y avoir qu'une feule bonne Religion. 2°. Il n'y a fur la terre aucune Religion établie de Dieu-même ; puifque, s'il y en avoit une , il faudroit néceffairemen

ment qu'on fût obligé de la sui-
vre. 3°. Il n'y a donc point de Révélation : les Livres Saints , ces
Livres si respectables par leur antiquité , & qui portent tant de caractères de vérité , ne sont qu'un
tissu d'impostures , & des Livres de mensonge , écrits par des
hommes trompeurs qui, depuis
quatre mille ans, abusent de la
crédulité des hommes. 4°. La Religion , parmi les hommes, est
donc arbitraire ; les devoirs du
culte extérieur ne sont qu'un es-
clavage sacré , inventé par la politique , affermi par la superstition;
on peut renverser les temples &
briser les autels ; il suffit de re-
connoître dans son cœur, un Etre
suprême à qui le cœur adresse ses
hommages ; adorer Jesus-Christ ,
ou bien adorer Osiris , Foë , Jupiter ou Brama , peu importe ,
pourvû que l'on croye adorer le
Dieu véritable. Telles sont les

M

horribles conféquences de cet horrible principe. L'Auteur lui-même les développe dans les vers fuivans. Il eft inutile de s'arrêter à réfuter de pareilles horreurs. Le Déifte n'a point encore répondu à tous les ouvrages admirables qui ont été faits fur la Religion. Écrafé fous le poids du raifonnement, une faillie eft fon refuge. Je crois voir un homme qui, contre une bombe prête à le réduire en poudre, lance en riant une fufée volante. Jufqu'à ce que le Déifte ait réfuté Pafcal, Racine, Clarke, Wifton, Abbadie, & l'Abbé François, on peut le regarder comme confondu, & il le fera éternellement.

In vain, par des bienfaits fignalant vos beaux jours,
A l'humaine raifon vous donnez des fecours,
Aux Beaux Arts des Palais, aux Pauvres des aziles :
Vous peuplez les déferts, & les rendez fertiles.

Ces vers ne me paroiffent avoir d'autre mérite que celui d'une ingénieufe, mais froide fymmétrie: ils ne sont point animés du feu divin de la poësie, & l'imagination n'a point répandu sur ces idées, le coloris de la peinture, dont cependant elles étoient si susceptibles.

Signalant vos beaux jours. Les *beaux jours* de quelqu'un me paroissent appartenir à une prose familière, beaucoup plus qu'à une poësie noble.

Vous donnez des secours à la Raison, des Palais aux beaux-Arts, des aziles aux pauvres. Je remarque, 1°. Dans cette maniere de s'exprimer une précision symmétrique, qui ne convient point du tout à la poësie. Cet art aimable & facile, qui est l'art de l'imagination, n'aime point que les idées soient toisées géométriquement avec le compas. 2°. La premiere idée n'est point assez développée : ces secours donnés à la Raison excitent la curiosité de l'esprit, fans la fatisfaire. 3°. *Les pauvres*, au nombre pluriel, n'ont jamais été reçus dans la grande Poësie ; cette expreffion porte même avec elle une idée baffe : quoiqu'on dife parfaitement bien *le pauvre*, c'eft un caprice de la langue ; mais tous les grands Auteurs s'y font foumis.

M* de V * *, dans la célébre Tragédie de *Sémiramis*, ce chef-d'œuvre de verfification, de terreur & de pitié, a rendu avec beaucoup de nobleffe & de génie, des idées à peu près femblables. Un Miniftre dit à cette Reine :

Babylone & la terre avoient befoin de vous :
Et quinze ans de vertus & de travaux utiles,
Les arides déferts par vous rendus fertiles,
Les fauvages Humains, foumis aux freins des Loix,
Les Arts dans nos cités naiffans à votre voix,
Ces hardis monumens que l'Univers admire,
Les acclamations de ce puiffant Empire,
Sont autant de témoins dont le cri glorieux,
A dépofé pour vous au Tribunal des Dieux.

Sémiramis, acte 1. fc. 5.

Ces vers portent le caractère du génie de l'Auteur , c'eſt-à-dire qu'ils ſont forts & brillants.

B. . . . . . & T . . . . . jurent ſur leur ſalut ,
Que vous êtes ſur terre un fils de Belzébut.

Il eſt inutile d'annoncer que ces deux vers ont un très-petit mérite par eux-mêmes. Ils ſe font ſeulement remarquer par la prétendue raillerie dont l'Auteur croit ſans-doute les avoir aſſaiſonnés. Leurs expreſſions burleſques n'offrent à l'eſprit que des idées également fauſſes & injuſtes. 1°. Le Catholique eſt attaché à ſa Religion : cette Religion lui enſeigne que , hors de ſon ſein , on ne peut être ſauvé ; il croit cette vérité , parce-qu'elle lui eſt révélée ; mais en même-temps il ne juge perſonne. Il plaint ceux qui ſont dans l'erreur , il laiſſe à Dieu le ſoin d'accomplir ſa parole & d'exécuter ſes décrets ſur les hommes. Il reſpecte , ſur-tout , les têtes cou-

M iij

ronnées, & ne met ni leurs actions ni leur foi dans la balance. 2°. Quelle est la pensée contenuë dans ces vers & dans les quatre précédens ? la voici. En vain vous êtes un Prince bienfaisant & le protecteur des Arts ; il y a des hommes qui ont la stupidité de dire que vous n'êtes point dans la bonne Religion. L'Auteur pense donc que toute la Religion d'un Prince, tout le culte qu'il doit à l'Etre suprême, consiste à favoriser le progrès des Arts ; car, pour que la raillerie de l'Auteur soit juste, il faut qu'on puisse faire ce raisonnement. Il est évident qu'un Prince qui protége les Sciences, est nécessairement dans la bonne Religion. Il faut donc être stupide pour oser soutenir le contraire. Mais, quoi de plus absurde qu'un tel raisonnement ? & par conséquent quoi de plus faux & de plus insipide que la raillerie contenue dans ces deux vers?

Ils ont des Partisans ; & l'on honore en France
De ces ânes fouttés l'imbécille ignorance.

1°. On peut dire qu'il est in-
décent à tout écrivain , tel qu'il
soit , de prendre ce ton insolent
& superbe , sur-tout envers les
partisans & les défenseurs d'une
Religion dans laquelle est né l'Auteur lui-même , qui est autorisée
par le gouvernement de son pays ,
qui est la Religion dominante de
toute l'Europe , qui a été reçue
dans toutes les parties du monde , & qui enseigne aux hommes
de si grandes vérités & des vertus si pures. Ce langage pourroit
tout au plus convenir à un Musulman fanatique, dont l'ame gros-
siere & stupide ne connoît autre
chose que l'Alcoran : ou à un Chinois orgueilleux , enyvré de sa
vaine science , & qui entendroit
parler , pour la premiere fois , de
la Religion chrétienne.

M iv

2°. Je demande de quel côté eſt *l'imbécille ignorance* ; eſt-ce du côté de ceux qui ſe ſoumettent à la Religion ; de ceux qui croyent ſur l'autorité des Livres Saints, le livre le plus ancien qui ſoit dans le monde ; ſur la dépoſition des Apôtres qui ont ſcellé leur témoignage de leur ſang ; ſur l'accompliſſement des Prophéties, le ſeul caractère de vérité que l'impoſture ne peut imiter ; ſur les lumieres de tant de grands hommes, de génies élevés, de Sçavans profonds qui tous, après une vie entiere d'étude, ſe ſont ſoumis avec une humble docilité aux myſtères de la Foi ; enfin, ſur la voix du monde entier, dont la converſion rend le plus glorieux témoignage pour la vérité de la Religion ? Ou bien, eſt-ce du côté de celui qui, foulant aux pieds tant de témoignages, tant de prodiges, tant de monu-

mens divins , les écrits de tant
de grands hommes , le sang de
tant de Martyrs , le consentement
de l'Univers , enfin , une prescri-
ption si longue & si bien affermie ;
regardant la Foi de tous les siécles comme une crédulité populaire, les plus saints personnages
comme des imposteurs , les génies les plus célébres comme des
imbécilles , la mort sanglante des
Martyrs comme un jeu concerté pour tromper les hommes , la
conversion de l'Univers comme
une entreprise humaine , l'accomplissement des prophéties comme l'effet du hazard, prend seul
le parti affreux de ne point croire, & prend ce parti sans autorités , sans raisons décisives , sans
autres preuves que quelques doutes frivoles , doutes usés & vulgaires , répétés sans cesse , & sans
cesse confondus ? Je le demande
encore , de quel côté se trouve

l'imbécille ignorance ? Le Déiste invoque sans cesse la Raison. Eh-bien, que la raison décide, c'est à elle à juger: c'est elle-même qui le condamne ; c'est elle qui rejette sur son front le sceau de *l'igno-rance* & de la stupidité dont il prétend nous flétrir. Ah ! si dans ce siécle funeste, pour être Philosophe & raisonnable, il faut cesser d'être Chrétien, nous chérissons, nous embrassons avidement cette *imbécille ignorance* à laquelle on nous condamne. Dure, dure à jamais cette heureuse stupidité qui nous associe à tant de grands hommes ; elle nous est plus glorieuse & plus chere que toute la Raison de notre siécle.

Ça, dis-moi, tête chauve, ou toi qui dans un froc
Des argumens en forme as soutenu le choc,
Penses-tu que Socrate & le juste Aristide,
Solon qui fut des Grecs & l'exemple & *le guide,*
Penses-tu que Trajan, Marc-Aurele & Titus,
Noms chéris, noms sacrés que tu n'as jamais lus,
De l'Univers charmé bienfaiteurs adorables,

Sont au fond des enfers, empalés par des diables :
Et que tu feras, toi, de rayons couronné,
D'un chœur de Chérubins, sans cesse environné,
Pour avoir, quelque-tems, chargé d'une beface,
Dormi dans l'ignorance, & croupi dans la crasse ?
Sois sauvé, j'y consens ; mais l'immortel Newton,
Mais le sçavant Léibnitz, & le sage Adisson,
Et ce Loke, en un mot, dont la main courageuse,
A, de l'esprit humain, marqué la borne heureuse,
Ces esprits qui sembloient de Dieu-même éclairés,
Dans des feux éternels seront-ils dévorés ?

Un ton plus que superbe, une poësie coulante, des idées fausses, des railleries indignes d'un Chrétien çaractérisent ce morceau. L'Auteur y paroît poëte & caustique : on n'y reconnoît ni un Catholique, ni un Chrétien, ni même un Logicien, encore moins un homme qui sçache observer les décences. Pour renverser l'édifice de la Religion chrétienne, cet édifice inébranlable, appuyé sur des fondemens éternels, l'Auteur employe une saillie. Quelle indigne & misérable ressource pour un homme qui pense, & qui

vante fa Raifon ! Voilà donc les
armes redoutables dont on fe fert
pour combattre notre Foi ! armes
impuiffantes, armes frivoles, qui
déshonorent également & celui qui
s'en fert, & la caufe qu'on défend.

En décompofant ce morceau,
en analyfant fidélement chaque
vers, en fondant dans le creufet
de la Raifon tout le fel que l'Auteur s'eft efforcé d'y mettre, je
n'y trouve qu'une feule idée qui
forme une légère objection ; la
voici : Eft - il probable que Socrate, Ariftide, Solon, Trajan,
Marc - Aurele & Titus, ces hommes vertueux & bienfaifans ; que
Newton, Léibnitz, Adiffon &
Loke, ces Philofophes fi fçavans,
foient condamnés à des feux éternels, tandis qu'un moine fera fauvé ?
Mais, 1°. Quoi de plus frivole, que
l'objection tirée de la vertu de ces
fameux Payens ? Qu'eft-ce que la
vertu d'un homme, lorfqu'il eft

abandonné à lui-même ? combien
n'y a-t-il pas de vuide & de foibleſſe? Les vertus humaines, formées
par l'amour de la gloire, ne ſont-
elles pas toujours infectées par
l'orgueil ? D'ailleurs, combien de
vices ſecrets déshonorent & flé-
triſſent ſouvent des vertus appa-
rentes ? L'homme ne voit que le
fantôme & le maſque. L'œil per-
çant de l'Eternel découvre les
derniers replis du cœur. Enfin,
quand on accorderoit que ces Philoſophes célébres, ces Empereurs
ſi vantés, ont connu & même
pratiqué les devoirs de l'homme envers les autres hommes,
on eſt du moins obligé de convenir qu'ils ont ignoré les grands
devoirs de l'homme envers l'Etre
ſuprême ; que même ils ont mé-
connu cet Etre éternel & infini,
puiſque tous, ſtupidement idolâtres, oubliant le Dieu de l'Univers pour déifier le marbre & l'ai-
rain, adorant leurs paſſions ſous

le nom de leurs idoles, ils ho-
noroient, par des hommages infâmes, les plus infâmes divinités.
Ou l'impiété n'est pas un crime,
ou si elle en est un, tout idolâ-
tre est nécessairement criminel.
Quelle absurdité de croire qu'u-
ne vie entière, qui n'est qu'un
tiffu affreux de superstitions sa-
crilèges & de profanations impies, puisse être agréable à l'Etre
infiniment juste & faint! Quelques
traits passagers de vertus humaines peuvent-ils effacer le
crime d'avoir outragé & mécon-
nu Dieu? Et la Religion n'est-
elle donc plus le premier devoir
de l'homme? 2°. L'objection, tirée des grandsnoms de Newton,
de Léibnitz, d'Adiffon & de Loke, opposés à un moine, n'a pas
un fondement plus solide. Si cette objection avoit quelque poids,
quelle seroit donc l'idée que nous
nous formerions de la Divinité?
Avons-nous l'orgueil & la foi-

bleffe de penfer que ce vain bruit
de gloire, ce je ne fçai quel vent
que l'on nomme *Réputation*, eft
un titre qui rend les hommes plus
recommandables aux yeux de l'E-
tre infini ? Quel droit le plus
grand Philofophe de la terre a-t-
il au falut éternel, plus que le dernier des hommes, qui végéte obf-
curément fur notre globe ? Foibles Mortels, tout ce qui nous
étonne, nous paroît grand. Renfermés de toute part dans des bornes fi étroites, rampans dans la baffeffe, fi quelqu'un de nos femblable
bles, par quelques bonds heureux, s'éleve de quelques cou-
dées au-deffus de la boue qui nous
arrête, auffi-tôt fa petite élévation nous éblouit ; fon nom nous
fubjugue & nous en impofe ; nous
lui donnons audacieufement le
titre de *grand* ; nous lui établiffons
une efpece d'empire fur le genre
humain. Confervons, je le veux,

conservons ces titres de notre vanité ; mais quelle foiblesse d'attribuer les mêmes idées à l'Etre suprême ? Que font à ses yeux les
plus fameux Philosophes, les Sçavans les plus éclairés ? Moins
qu'une fourmi, qu'un atôme aux
yeux de l'homme. Il rit du haut
des cieux en entendant prononcer avec tant de faste, ces noms
ridiculement superbes de *grandeur*, de *science*, de *profondeur de
génie* que les hommes ont inven-
tés, & qu'ils se donnent entre eux.
Etant Dieu, c'est-à-dire, infini,
tout devant lui rentre dans le néant.
C'est ainsi qu'à l'égard de nous-mêmes, la montagne la plus élevée,
& qui, vue de près, paroît immense, aperçue d'une certaine distan-
ce en élevation, ne paroîtroit plus
qu'un point qui s'affaisse & s'abîme dans l'égalité de la plaine. Je le
repéte : Aux yeux de Dieu tout est
égal, hors la vertu. Newton & Lei-
bnitz

bnitz font des Dieux pour nous ; pour Dieu, ce ne font que des hommes, c'eft-à-dire, un peu plus que le néant. C'eft donc très-mal raifonner que de dire : On doit rejetter une telle Religion, parceque, fi elle étoit vraie, il faudroit que Newton, Léibnitz & Loke fuffent damnés ; or, il n'eft point probable que Dieu ait voulu damner des hommes d'un fi grand mérite. D'ailleurs, ce n'eft ni la pénétration de l'efprit, ni l'étendue des connoiffances qui peuvent rendre l'homme agréable aux yeux de Dieu, c'eft la Religion & la Vertu : on peut être un très-profond géometre & tirer de fort-mauvais corollaires fur tout ce qui regarde la Religion ; Newton lui-même en fournit une preuve fans réplique. Cet homme célébre, qui avoit fait de fi grandes découvertes fur la lumiére, fur la gravitation, fur le

N

calcul intégral & fur la chrono-
logie, a commenté l'Apocalypfe,
& il y a trouvé que le Pape étoit
l'Antéchrift. C'eft de cet ouvrage
que M^r de * * lui-même a dit
qu'apparemment Newton, par ce
Commentaire, a voulu confoler
la race humaine de la fupériorité
qu'il avoit fur elle. 3°. Enfin,
l'Auteur s'efforce vainement de
jetter un vernis de ridicule fur
un Moine catholique qui s'eft lui-
même enfeveli dans un cloître
pour affurer fon falut éternel. Ce
ridicule n'eft qu'une ombre légère
qui difparoît aifément au flambeau de la Raifon. On remarque
d'abord que jamais l'Homme n'a
été affez imbécille pour faire con-
fifter la Vertu à *porter une beface*, à
dormir dans l'ignorance & à *crou-
pir dans la craffe*. Ce font-là les
traits odieux de la fatyre, ce n'eft
point le fidéle portrait de l'état
qu'on cenfure. Pour juger du dé-

gré d'eſtime que mérite un état,
il faut examiner ſes devoirs, &
non pas ſes abus : or, un homme qui, tranſporté volontairement hors du tourbillon qui agi-
te le genre humain, occupé du
plus grand intérêt qui puiſſe at-
tacher l'Homme, paſſe ſa vie aux
pieds des autels, conſacré tout
entier aux devoirs auguſtes que
la Religion nous impoſe envers
l'Etre ſuprème; un homme qui,
combattant par de continuelles
auſtérités la voluptueuſe délicateſſe des ſens, s'arrache, par
une privation volontaire, aux charmes ſéducteurs de tous les plai-
ſirs; qui, étouffant dans ſon cœur
la paſſion la plus impérieuſe,
foule aux pieds les richeſſes & ſe
condamne lui-même aux loix ri-
goureuſes d'une auſtère pauvreté;
qui, enfin, immolant aux pieds
de l'Autel le plus précieux, le plus
grand de tous les biens, ſa li-

berté , affujettit lui - même l'orgueilleufe indépendance de fon
ame à un joug que la mort feule
pourra brifer ; un homme qui regarde la gloire comme une erreur , la profpérité comme une
infortune , l'élévation comme un
précipice , les afflictions comme
des faveurs , la terre comme un
exil , les révolutions éternelles
du monde comme des fonges
paffagers , brifant , autant qu'un
homme peut le faire , tous les
liens qui l'attachent à la terre , &
ne s'occupant que de ce qui eft
éternel & infini : un tel homme
paroît-il donc fi méprifable à M^r
de V * * ? Penfe - t - il qu'un tel
homme ne fera pas pour le moins
auffi agréable à l'Etre fuprême
qu'un grand Poëte , qu'un Phyfi-
cien fubtil , ou qu'un profond
Géometre ? Tels font cependant
les devoirs , tel eft l'état fublime
des Religieux. Tels on en trou-

ve encore aujourd'hui dans tous les cloîtres : s'il en eft qui, trahiffant ces devoirs fublimes, fe confondent, par leurs vices, avec le vulgaire des Chrétiens foibles & pervers, ils font étrangers au fein de leurs cloîtres, & la Religion les défavoue. Nous n'avons, ni la ftupidité de croire, ni la témérité de dire que l'on fera fauvé pour avoir *porté une beface*, & pour avoir été ignorant. Nous fçavons, fans que le Déifte nous l'apprenne, que la Religion confifte, non dans l'ufage d'un habillement pauvre & fingulier, mais dans la pratique des vertus.

Porte un Arrêt plus doux , prends un ton plus modefte,
Ami ; ne préviens point le Jugement Célefte ;
Refpecte les Mortels ; reconnois leur vertu ;
Ils ne t'ont point damné ; pourquoi les damnes-tu ?

Ces quatre vers familiers font fondés fur une idée entièrement fauffe ; l'Auteur y repréfente le

Catholique comme un juge atra-
bilaire qui, de sa seule autorité,
s'érigeant à lui-même un tribunal, d'un ton aigre & d'un air
despotique, prononce une sen-
tence de damnation contre tout
le reste des hommes. J'ai déja
remarqué plus haut que le Catholique ne juge personne ; il croit
seulement les dogmes que la Religion lui enseigne, & il les croit
parceque les dogmes lui sont
révélés. Le Déiste se trompe en
ce qu'il regarde le Catholicisme
comme une de ces sectes dont les
opinions, fruits de l'esprit humain,
ne sont que des problêmes indif-
férens , destinés à amuser le loi-
sir des Ecoles & la vanité des
Sophistes. C'est sur ce faux principe que sont appuyés les avis
charitables qu'il nous adresse;
mais il ne s'agit point ici de ré-
former un jugement de notre esprit; il s'agit de détruire une pa-

role de Dieu. Ce n'eſt point nous
qui condamnons les autres hommes , c'eſt notre Religion : &
comme Dieu en eſt l'auteur, c'eſt
Dieu lui-même, c'eſt-à-dire , la
vérité de ſa parole qu'il faut attaquer.

A la Religion directement fidele ,
Sois doux , compatiſſant , ſage , indulgent comme elle.

Ces deux vers , foibles & pro-
ſaïques , étant fondés ſur les mêmes idées que les précédens ,
ſont également faux : la Religion
nous ordonne d'être doux, com-
patiſſans , pleins d'indulgence envers tous les hommes ; mais nous
défend - elle de croire ce que
Dieu nous a révélé ſur ſa juſtice
& ſur les décrets éternels de ſa
ſageſſe ? Les loix humaines con-
damnent à la mort les brigands &
les aſſaſſins : inſtruit de ces loix
j'apprends qu'un homme a commis un meurtre, & qu'il eſt déja entre les mains de ſes Juges ;

N iv

fans le condamner ni l'abfoudre, je laiffe aux loix le foin de le juger. Suis-je inhumain & barbare, parceque je crois que cet homme laiffera fa vie fur l'échaffaud ? Non , fans doute : mais la cruauté confifteroit à l'outrager dans fon malheur, à l'infulter dans fon fupplice, à lui refufer la douleur & les larmes que tout homme doit aux malheureux.

Et , fans noyer autrui , tâche à gagner le port.

1°. *Tache à gagner* : je crois qu'en converfation on peut dire, *tâcher à faire* quelque chofe, mais que dans le fty'e noble on dit toujours tâcher de faire.

2° Le Catholique n'eft point un homme qui noye les autres hommes pour gagner le port. C'eft un homme qui , ayant à parcourir une mer périlleufe & troublée par beaucoup d'orages, prend , pour parvenir au port, une route fûre qui lui eft marquée

par une bouſſole invariable, &
qui, voyant une foule de vaiſſeaux égarés par des aſtres trompeurs prendre des routes oppoſées pour arriver au même but,
leur crie qu'ils s'égarent, que
leur route ne les conduira qu'à
d'affreux écueils, où ils feront un
naufrage inévitable ; &, ne pouvant les retenir, verſe des larmes ſur l'erreur funeſte de ces
hommes infortunés. Alors il con-
tinue ſa route, attendant, dans le
ſilence & dans l'effroi, l'inſtant
fatal où, arrivé lui-même au terme de ſa courſe, il verra, du
ſein du port, les débris des autres vaiſſeaux briſés par la tempête, juſtifier ſes prédictions &
la prudence de ſes conſeils.

Qui pardonne a raiſon, & la colére a tort.

Maxime très-belle, mais très-
mal placée. Je le répete ; ce n'eſt
point le Catholique qui juge ou
qui condamne ; il n'eſt point l'ar-

bitre du fort des hommes. Il ne s'arroge point le droit de pardonner ou de punir ; c'eft Dieu qui fait grace , ou qui la refufe. C'eft donc à Dieu que l'Auteur doit appliquer la maxime , s'il l'ofe.

Mille ennemis cruels affligent notre vie
Toujours par nous maudite, & toujours fi chérie ;
Notre cœur égaré , fans guide & fans appui,
Eft brûlé de defirs , ou glacé par l'ennui ;
Nul de nous n'a vécu fans connoître les larmes.
De la Société les fecourables charmes
Confolent nos douleurs, au moins quelques inftans,
Reméde encore trop foible à des maux fi conftans.
Ha ! n'empoifonnons point la douceur qui nous refte.
Je crois voir des forçats dans un cachot funefte,
Se pouvant fecourir, l'un à l'autre acharnés ,
Combattre avec les fers dont ils font enchaînés.

Tout ce morceau fait honneur au grand Poëte qui en eft l'Auteur. La peinture de nos maux également vive & touchante , pénétre l'ame d'une aimable triftefse qui l'attendrit délicieufement. La comparaifon de ces forçats acharnés l'un *fur* l'autre , & combattans avec leurs fers eft admirable ,

& porte l'empreinte du génie. Elle nous étonne par sa force, & nous éblouit par sa nouveauté. Ces sortes de traits décélent toujours un pinceau créateur. Il est plus aisé de critiquer cent pages, que de faire trois vers tels que ceux-là.

QUATRIE'ME PARTIE.

DANS le premier chant, le Poëte établit l'existence d'une Loi Naturelle. Dans le second, il réfute les objections que l'esprit humain, toujours indocile & toujours aveugle, forme contre cette loi. Dans le troisiéme, à travers un labyrinthe obscur de sophismes, de railleries & de satyres, on entrevoit que le dessein de l'Auteur est d'établir la Religion Naturelle, comme la seule qui soit nécessaire aux hommes. Le quatriéme

*N vj

chant, entiérement ifolé & féparé
des trois autres, contient des préceptes pour les Rois, fur la conduite qu'ils doivent tenir à l'égard
des difputes de Religion. Ainfi,
dans les deux premiers chants,
le Poëte eft philofophe ; Théologien dans le troifiéme ; politique
& légiflateur dans le dernier. Sui-
vons ce grand homme dans la
nouvelle carriere qu'il ouvre à
fon génie. Nous l'admirerons
fouvent ; nous oferons quelquefois le combattre, mais toujours
avec le refpect que l'on doit à un
homme aufli célébre.

Oui, je l'entends fouvent de votre bouche augufte :
Le premier des devoirs, grand Prince, eft d'être jufte,
Et le premier des biens eft la paix de nos cœurs.
Comment avez-vous pû, parmi tant de Docteurs,
Parmi ces différends que la difpute enfante,
Maintenir dans l'état une paix fi conftante.

L'Auteur ouvre majeftueufe-
ment l'entrée de cette quatriéme
Partie par deux grandes maximes :

voici ce début. » Le premier de-
»voir, c'eſt d'être juſte. Le premier
»bien, c'eſt la paix. Grand Prince,
»comment avez - vous pû mainte-
»nir la paix dans votre État « !

1°. Je crois qu'il n'y a point
aſſez de liaiſon entre ces deux
maximes & l'idée dont elles ſont
ſuivies ; ce ſont des penſées un
peu trop coupées. La poëſie,
ſans être aſſujettie à des liaiſons
ſcrupuleuſes qui l'énerveroient ,
exige cependant une ſuite de penſées liées enſemble par un rapport commun & facile à ſaiſir.
La poëſie didactique, ſur - tout ,
ayant une manière plus uniforme , ne veut rien de tranchant
dans l'aſſortiment de ſes couleurs.

2°. Le ſtyle de ces vers me paroît foible & proſaïque ; le troi-
ſime vers a je ne ſçais quoi de
languiſſant. *De nos cœurs*, ſemble
ajouté par rempliſſage : la penſée
ſeroit entière de cette façon : *Et*

le premier des biens eſt la paix.
   Parmi tant de Docteurs ; parmi
ces différends ; une paix ſi conſtante.
Toutes ces expreſſions me paroiſſent convenir beaucoup plus à la
proſe qu'à une poëſie noble.

D'où vient que *les enfans de Calvin , de Luther ,*
Qu'on voit de là les monts , bâtards de Lucifer ;
. . . .

. . . .

Qui jamais dans leur Loi n'ont pû ſe réunir ,
Sont tous , ſans diſputer , d'accord pour vous bénir ;
C'eſt que vous êtes Sage & que vous êtes maître.

M^r de V**,enyvré de la brillante réputation que lui ont acquis tant
d'ouvrages immortels, s'eſt ſans
doute perſuadé à lui-même que
toutes les phraſes qui paſſeroient
par ſon imagination, & auſquelles,
de diſtance en diſtance, il voudroit
bien donner l'ornement d'une rime, avoient, par leur naiſſance
même, des droits inconteſtables au
titre ſuperbe de poëſie. Les prétendus vers que je viens de citer, ſont de ce nombre : ils n'ont
ni

ni l'exactitude, ni la noblesse, encore moins l'harmonie qui convient aux vers d'un si grand Poëte.
L'Auteur lui - même a trop de
gout pour leur donner d'autre
nom que celui d'une prose rimée.

*Qu'on voit de-là les monts bâ-
tards de Lucifer : De-là les monts*
pour dire *au - delà des monts :*
Cette manière de s'exprimer me
paroît déplacée hors de la conversation ou d'un conte très-fa-
milier. *Qu'on voit bâtards de Lucifer :* Cette phrase est-elle françoise ? M^r de V * * a reproché
au grand Rousseau d'avoir cor-
rompu la pureté de son langage
dans les pays étrangers. Plus on
s'intéresse à notre littérature, plus
on craindra que la même rouille
n'infecte l'auteur de ce Poëme.
Bâtards de Lucifer : Cette expression a-t-elle d'autre mérite que
de tourner en ridicule le sentiment de Rome sur les hérésies

de Calvin & de Luther ? Elle pourroit peut-être avoir encore un avantage ; ce feroit de nous rappeller ces temps où , fuivant Defpreaux ,

Le Parnaffe parloit le langage des Halles.

Quoi qu'il en foit, je doute qu'il y ait affez de fel dans cette expreffion , pour en faire fupporter la baffeffe.

Si le dernier Valois , hélas ! avoit fçu l'ètre ,
Jamais un Jacobin , guidé par fon Prieur ,
De Judith & d'Aod fervent imitateur ,
N'eût tenté dans S. Cloud fa funefte entreprife.

L'Auteur remarque, avec beau-coup de juftefe , que ce fut la foibleffe de Valois qui entretint & fomenta les fureurs de la Li-gue. Ce Prince foible & malheu-reux careffa long-temps & nour-rit lui-même le monftre qui devoit un jour le dévorer; mais en rappel-lant l'exécrable parricide du fa-natique Clément ; pourquoi , à côté

côté de cet horrible meurtre, citer les exemples facrés de Judith & d'Aod ? Il femble que le Poëte veuille répandre fur ces perfonnages faints, une partie de l'horreur dont le nom de ce parricide fera éternellement flétri. L'Hiftoire du Peuple Juif nous préfente plufieurs actions qui paroiffent choquer les régles ordinaires de la juftice humaine, & qui cependant ont été ou commandées ou approuvées de Dieu-même. Les biens, les poffeffions, les tréfors, le fang & la vie de tous les hommes, appartenant de droit à l'Etre infini, il peut, quand il lui plaît, fufpendre le cours ordinaire des loix établies par lui-même. C'eft ce qu'il a fait autrefois dans quelques occafions, dans les temps où la Divinité fe manifeftoit aux hommes d'une manière plus marquée : c'étoit des coups de ton-

O

nerre qu'il frappoit de temps en
temps, pour réveiller les hommes
affoupis, & pour les faire fou-
venir de fa domination fouveraine.

Mais Valois aiguifa le poignard de l'Eglife.

Il eft injufte d'attribuer à *l'E-
glife* la barbare fuperftition d'un
furieux imbécile, & de quelques
monftres fanatiques. Ce n'eft
point là l'Eglife. Jamais fes mains
pures & innocentes n'ont été ar-
mées d'un poignard : loin d'immoler fes Rois, elle a toujours
embraffé leur défenfe. Ses vrais
enfans ont refpecté le fceptre,
même dans des mains profanes &
idolâtres. Mourir, & en mourant
bénir leurs bourreaux ; voilà ce
qu'ils ont dû faire & ce qu'ils ont
toujours fait. Ceux qui, au lieu
de verfer leur propre fang, ont fait
couler le fang des autres, font
des monftres qu'elle défavoue

avec horreur , & qu'elle vomit hors de fon fein.

Toutes les factions à la fin font cruelles ,
Pour peu qu'on les foutienne , on les voit tout ofer :
Pour les anéantir , il les faut méprifer.

Je crois que la maxime contenue dans ce dernier vers eft toujours fauffe , foit qu'il s'agiffe des factions d'Etat, ou des querelles de Religion. Tout ce qui eft faction s'enhardit par l'indulgence , & s'irrite par la perfécution. C'eft un monftre qui mord lorfqu'on le flatte , & qui déchire avec fureur lorfqu'on l'attaque ; pour le dompter , il faut l'accabler de fers. Si vous regardez fes ravages d'un œil tranquille , ou que vous infultiez à fa fureur par un ris dédaigneux , il prend votre indifférence pour foibleffe , & vos mépris pour un outrage. L'Angleterre, ce pays orageux , & fi fertile en révolutions , foit dans l'Etat, foit dans l'Eglife, peut nous en

fournir des preuves & des exemples. On peut comparer une faction à un feu dévorant qui , ne
trouvant point d'obſtacles , porte
par tout le ravage & l'horreur ,
juſqu'à ce qu'enfin il rencontre
la barriere d'un mur impénétrable , contre lequel il s'arrête , &
qu'il noircit ne pouvant le con-
ſumer.

Qui conduit des ſoldats , peut gouverner des Prêtres.

Je remarque , 1°. Que cette
maxime , jettée au haſard , n'a aucune liaiſon ni avec ce qui précéde , ni avec ce qui ſuit. C'eſt
une ſaillie détachée , ſemblable
à une fléche rapide lancée tout-
à-coup , & qui , vûe dans le milieu des airs , paroît iſolée & ne
tenir à rien. 2°. L'Auteur fait ici
une comparaiſon dédaigneuſe entre les Miniſtres pacifiques de la
Religion , & les Miniſtres redoutables des vengeances des Rois.
Mais quel eſt le but de cette com-

paraifon ? & que nous apprend-
elle ? Elle ne tend qu'à nous repréfenter le Clergé comme un
Corps indocile, mais foible ; fa-
ctieux, mais impuiffant. Le germe de toutes ces idées eft contenu dans ce vers cauftique &
brillant. On ne s'arrêtera point
ici à diffiper les préjugés de certains hommes contre le Clergé.
Ceux qui fçavent refpecter la Religion, fçavent auffi refpecter fes
Miniftres. On convient, avec
l'Auteur, que le Prêtre ne peut
oppofer aucune défenfe à l'autorité toute puiffante du Prince : il
eft fujet ainfi que le foldat ; réunis tous deux aux pieds du même
trône, ils y font liés par la même chaîne ; mais cette dépendance ne l'oblige point à trahir la Vérité. Il doit tout à fon Prince,
excepté le facrifice de fa foi.

L'œil du Maître fuffit; *il peut tout opérer.*

Le fecond hémiftiche, foible

& profaïque, fe traîne languif
famment. M^r de V * * a dit ailleurs avec plus de précifion :

L'œil du Maître peut tout ; c'eft lui qui rend la vie
Au mérite expirant fous la dent de l'envie.

D'ailleurs , le terme d'*opérer*
ne me paroît point affez noble
pour entrer dans la grande poëfie.

L'heureux cultivateur des préfens de Pomone ,
Des filles du Printemps , des préfens de l'Automne ;
Maître de fon terrein , ménage aux arbriffeaux
Les fecours du foleil , de la terre & des eaux ;
Par de legers appuis , foutient leurs bras débiles ,
Arrache inpunément les plantes inutiles ;
Et des arbres touffus , dans fon clos renfermés ,
Emonde les rameaux de la féve affamés , &c.

Un efprit méthodique pourroit
peut-être défirer un peu plus de
liaifon entre cette ingénieufe al-
légorie & les vers qui la précé-
dent. Le fil des idées eft coupé
avec trop de rapidité ; il faut que
l'imagination du lecteur faffe un
faut précipité, pour fuivre celle du
Poëte. M. de V * * après avoir mis
dans la balance la conduite des

Rois sur les disputes de Religion,
& prononcé, d'un ton de philosophe, des maximes politiques sur ce
grand sujet, passe tout à coup au
droit des Princes sur les biens de
leurs sujets, & sur-tout de ceux
qui présidents aux autels. Nous
ne dirons rien ici de cette que-
stion importante & délicate. Il
faut craindre de remuer des cendres éteintes, où des esprits inquiets pourroient peut être trouver quelques restes de feu. L'Auteur couvre ses idées sous le voile ingénieux d'une brillante allé-
gorie. Il compare un Roi à un
Jardinier industrieux, qui, cul-
tivant également toutes ses plantes, & leur procurant tous les secours qui leur sont nécessaires, a
droit d'exiger de chacune d'elles,
une portion de leurs fruits dont
elles sont trop chargées. Tout ce
morceau est parfaitement versifié :

une poësie exacte & pleine d'harmonie y est animée par une imagination heureuse : je ferai seulement quelques remarques legéres sur les deux premiers vers.

1°. Peut-on dire , *le cultivateur des présens de Pomone & des filles du Printemps ?* on dit fort bien *le cultivateur d'une terre , d'un jardin* ; je doute qu'on puisse unir ce terme avec *présens de Pomone & filles du Printemps.*

2°. *Des présens de Pomone : des présens de l'Automne.* Ces deux expressions signifient une même chose ; le second hémistiche ne fait que répéter des syllabes sans donner de nouvelles idées. Il est fait pour la rime, & est superflu pour le sens.

Son voisin Jardinier n'eut jamais la puissance
De préparer des cieux la maligne influence ;
De maudire les fruits pendans aux espaliers ,
Et de sécher d'un mot ses vignes , ses figuiers.

Il est inutile de remarquer que
ces vers, & sur-tout les derniers,
sont foibles & languissans, sans
graces, ainsi que sans harmonie.
On s'apperçoit facilement qu'ils
contiennent une satyre de la puissance ecclésiastique ; mais j'igno-
re quels sont les abus que l'Auteur y prétend fronder. Il repré-
sente cette puissance comme une
peste cruelle qui désole, qui ravage & qui porte part-tout la malédiction & l'horreur ; mais l'Auteur, sous ces idées, ne combat
qu'un phantôme qui n'a point de
réalité. Nous ne sommes plus dans
ces siécles où la puissance ecclésiastique vouloit asservir & enchaî-
ner la puissance civile : où des
Pontifes, couvrant des intérêts
humains du voile sacré de la Religion, déposoient les Rois, lan-
çoient la malédiction sur les Empires, & brisoient les liens qui at-

tachent les Sujets à leurs Souve-
rains. Depuis long-temps, des loix
utiles & néceſſaires ont fixé les
limites de la puiſſance eccléſiaſti-
que. Renfermée dans le miniſtère
de paix & de ſainteté qui con-
cerne les autels ; médiatrice pa-
cifique entre Dieu & l'Homme,
elle n'étend ſon autorité que ſur
les eſprits. Elle reſpecte dans les
Rois , les images de Dieu ; dans
les Magiſtrats, les images des Rois.
Elle abandonné à la puiſſance civile les affaires temporelles : elle
lance encore des anathêmes , mais
ce n'eſt que ſur les crimes : elle
ferme aux hommes impies les
ſources des biens & des tréſors ;
mais elle ne les prive que des biens
inviſibles & des tréſors ſpirituels.

Malheur aux nations dont les loix oppoſées
Embrouillent de l'Etat les rênes déréglées.

Le grand Rouſſeau accuſoit M^r
de V * * de vouloir anéantir la

rime dans la verſification françoi-
ſe. Il n'auroit pas ſans doute ap-
prouvé qu'on fît rimer *oppoſées*
avec *déréglées* ; on ne trouvera l'e-
xemple d'une pareille licence
dans aucun de nos grands verſi-
ficateurs.

Le Senat des Romains , ce Conſeil de vainqueurs ,
Préſidoit aux autels , & gouvernoit les mœurs ;
Reſtraignoit ſagement le nombre des Veſtales ,
D'un peuple extravagant régloit les baccanales ;
Marc-Aurele & Trajan mêloient au champ de Mars ,
Le bonnet de Pontiſe au bandeau des Céſars.

1°. Je ne crois pas que jamais
il ait été beſoin parmi les Romains
de faire aucune loi pour reſtrain-
dre le nombre des Veſtales ; le
nombre en étoit réglé. Numa en
inſtitua quatre; depuis, on en ajouta deux autres : elles étoient obli-
gées de ſervir les autels de la
Déeſſe pendant trente ans. Pendant tout ce temps, elles étoient
aſſervies aux loix d'un auſtére cé-

libat. Convaincues d'avoir tranf-
greffé cette loi, on les enterroit
toutes vivantes. Cet horrible fupplice, & le devoir auftère dont
on puniffoit ainfi l'infraction,
étoient des motifs affez puiffans
pour reftraindre le nombre de ces
vierges facrées, fans le fecours
d'aucune loi, fur-tout dans un
fiécle & dans une religion ido-
lâtre, où les hommes ne connoiffoient point encore les grandes
idées de vertu que la Religion
chrétienne apporta depuis fur la
terre.

2°. Il eft vrai que les Empereurs
romains, depuis Augufte jufqu'à
Conftantin, Rois & Pontifes en
même-temps, unirent dans une
même main le fceptre & l'encen-
foir, la puiffance abfolue fur l'empire & la domination fouveraine
des autels. Quoi donc ! faudra-
t-il en conclure, que dans le fein

du Chriftianifme, tous les Princes
devroient également réunir ces
deux puiffances ? Mais pour établir ce nouveau fyftême, il faudroit commencer par anéantir la
Religion chrétienne. Jefus-Chrift
a élevé fur la terre un tribunal
dépofitaire de la puiffance fpiri-
tuelle. C'eft de ce tribunal que
partent tous les oracles de la Doctrine : les Rois doivent défendre & protéger ces oracles, mais
ils ne peuvent les changer ni les
altérer. Les Miniftres des autels
font foumis par leur naiffance, à
l'autorité du Trône : ils font fu-
jets, parcequ'ils font citoyens ;
mais lorfqu'il s'agit des myftères
de la foi, l'autorité du Trône eft
foumife à celle de l'Eglife. Alors
la Religion commande aux Rois
eux-mêmes, & fait courber leurs
têtes fous fon joug facré. Leur
gloire eft d'en être les protecteurs
& non pas les arbitres.

L'Univers, repofant fur leur heureux génie,
Des Guerriers de l'Eglife ignora la manie.
Les Grecs & les Romains, d'un faint zèle enyvrés,
Ne combattirent pas pour des poulets facrés.

1°. *Sur leur heureux génie :* hé-mistiche dur & qui choque l'o-reille.

2°. *Repofer fur l'heureux génie de quelqu'un*, cette phrafe eft-elle françoife ?

3°. L'Auteur prétend que c'eft le fage gouvernement de ces Rois Pontifes, qui empêchoit, parmi ces Idolâtres, les guerres de re-ligion : mais il ne peut difcon-venir que tous les Empereurs de Rome n'ont point reffemblé à Trajan & à Marc-Aurele. Le plus grand nombre de ces Empereurs ont été ou des tyrans imbécilles, ou des monftres voluptueux, qui tous incapables de porter ce grand fardeau de l'Empire romain, l'ont laiffé avilir & déchirer, dormant dans la molleffe ou dans le fang,

juſqu'à l'inſtant où quelqu'heureux
ſcélérat venoit les égorger , pour
uſurper le trône & l'avilir à leur
tour. Quoi donc ! eſt-ce la ſageſſe
& *l'heureux génie* de ces Princes ,
qui a empéché dans Rome ido-
lâtre les guerres de Religion ?

Mais je prétends qu'un Roi , que ſon devoir engage
A maintenir la paix , l'ordre , la ſûreté ,
A , ſur tous ſes Sujets , égale autorité.

La penſée contenue dans cette proſe rimée eſt très-juſte. L'autorité du Prince eſt égale ſur tous
ſes Sujets , ſur le Miniſtre des autels ainſi que ſur l'Artiſan & le
Soldat. Mais cette autorité ne s'é-
tend point ſur la Doctrine. Je l'ai
déja dit : L'Egliſe a une autorité
établie ſur un droit divin , qui , ſur
les myſtères de la foi , ne reçoit
de régle de perſonne , & qui en
preſcrit à l'Univers.

La loi , *dans tout Etat , doit être* univerſelle ;
Les mortels , *tels qu'ils ſoient , ſont* égaux devant elle ;
Je n'en dirai pas plus ſur ces points délicats.

Ces trois vers, familiers & prosaïques, font remplis d'une foule de monosyllabes qui les rendent durs & fatiguans pour l'oreille. L'harmonie est l'ame de la belle poësie.

Mon esprit suit le vôtre, & ma voix vous répéte,

Les expressions du premier hémistiche ne font point naturelles; je doute que la phrase du second soit françoise. Peut-on dire, en effet: *Ma voix répéte quelqu'un?*

Que conclure à la fin de tous mes longs propos?
C'est que les préjugés font la Raison des sots.

On pourroit peut-être dire à Mr de V * * qu'il n'étoit point nécessaire de faire six cents vers, pour en tirer à la fin une conclusion si triviale & si rebattue. C'est construire, à grands frais, un palais magnifique pour y loger une fourmi. Mais il s'en faut de beaucoup que ce soit là toutes les conclusions que l'on puisse tirer de ce poëme. On en peut déduire plusieur fieurs conféquences beaucoup plus dangereufes : l'Auteur les déguife & les enveloppe fous un voile tranfparent , fûr qu'elles ne peuvent échapper à perfonne. Il eft inutile , par la même raifon , de s'arrêter ici à les détailler ; les réflexions répandues dans le corps de l'Ouvrage , détruifant les principes , feront fentir le vuide & la frivolité des conféquences.

La paix enfin la paix , *que l'on trouve & qu'on aime*,
Eft encor préférable à la vérité même.

Si ce principe étoit généralement vrai, il s'enfuivroit qu'un homme, qui, par état, eft obligé de défendre la vérité , pourroit, fans fe rendre coupable , facrifier fon devoir à fa propre tranquillité. Je ne crois cependant pas que l'Auteur lui-même voulût admettre cette dangereufe conféquence, qui fuit de fa maxime générale. Sans doute il n'eft pas permis de perfécuter les hommes, pour faire

P

régner la Vérité. Son triomphe,
qui doit être un triomphe de paix,
ne peut être fondé fur le meurtre
& fur les ravages : il lui faut des
apôtres & non pas des bourreaux.
Le flambeau de la guerre n'a jamais pû fervir à allumer le facré
flambeau de la Vérité. Malheur à
ces ames cruelles & perfécutri-
ces, qui ne cherchent à perfuader
qu'en repandant le fang des hommes ! mais cette même Vérité
qui nous défend de perfécuter les
autres, pour étendre fon empire,
nous oblige de nous facrifier nous-
même pour elle, lorfque nous la
connoiffons. Dès que nous nous
trouvons dans quelqu'une de ces
circonftances délicates, où il faut
choifir entre le parti de la Vérité
& tous les intérêts humains, abandonner alors la Vérité, c'eft être
coupable : lui préférer quelque
chofe, c'eft la trahir : on lui doit
immoler tout, & fon repos, & fa

fortune, & fon honneur. Le fang
qui coule dans nos veines, ce
fang lui-même n'eft plus à nous,
dès que la Vérité le réclame, &
qu'elle en a befoin pour fa défenfe. Il eft des efprits foibles, il eft
des cœurs timides & rampans, qui
ne peuvent s'élever jufqu'à ces
devoirs fublimes. De tels fentimens font faits pour les grandes
ames : &, je le dis à la gloire de
l'humanité, dans tous les fiécles
il s'eft trouvé des hommes qui
ont donné à la terre ces exemples
admirables.

Je vois, fans m'allarmer, l'éternité paroître,
Et je ne penfe pas qu'un Dieu qui me fit naître,
Qu'un Dieu, qui, fur mes jours, verfa tant de bienfaits,
Quand mes jours font éteints, me tourmente à jamais.

Le Déifte épouvanté du terrible Avenir que lui préfente une
éternité malheureufe, tâche de
combattre ou d'affoiblir cette affreufe & lugubre vérité. Ami du
genre humain, il voudroit, s'il

étoit poffible, l'affranchir d'une
terreur fuperftitieufe, qui mettant
un frein incommode aux paffions
humaines, empoifonne les dou-
ceurs de la vie & multiplie les
horreurs de la mort. Contre les
menaces foudroyantes de la Révélation, qui lui montre des abîmes éternels ouverts fous fes
pieds, il invoque à grands cris
le fecours bienfaifant de fa raifon, & cherche jufques dans les
perfections infinies de l'Etre fuprême, des raifons pour combattre ce
que cet Etre fuprême nous a révélé. Selon le Déifte, l'éternité des
peines bleffe également & la bonté & la juftice de Dieu.

1°. » Dit-il; un Dieu infini-
» ment bon ne peut avoir créé des
» êtres que pour les rendre heu-
» reux. Il ne fçauroit donc les
» laiffer en proye à des tourmens
» éternels «.

2°. » Dieu eft un Etre infiniment

» jufte. Or, quoi de plus oppofé
» à la juftice, que de punir, par
» des fupplices éternels, des plai-
» firs paffagers « !

Telles font les deux plus fortes
objections du Déifte contre l'E-
ternité des peines. Ce font-là,
pour ainfi dire, les deux ancres
fur lefquelles il s'appuye, pour
s'affurer contre la tempête éternelle qui le menace.

La premiere objection eft fondée fur ce principe, que Dieu,
en créant des êtres intelligens,
n'a pû avoir d'autre intention que
celle de les rendre heureux. Mais
1°. Ce principe, qui fait la bafe
de l'objection, eft fuppofé gra-
tuitement & fans aucune preuve.
Nous ignorons très-fouvent les
intentions des hommes, dans le
temps même que nous les voyons
agir; nous tâchons inutilement
de percer la nuit profonde qui
couvre leurs deffeins. Et cepen-

dant presque tous les hommes ont à peu près la même portion d'idées, sont agités par les mêmes desirs, portent en eux les principes des mêmes combinaisons, & dans les mêmes circonstances font presque mouvoir les mêmes ressorts. Comment donc connoîtrions-nous les desseins de Dieu, ces desseins si sublimes & formés, avant tous les temps, dans le sein majestueux de l'éternelle Sagesse ?

* 2°. Quoique la bonté soit un attribut essentiel à la Divinité, cependant on n'a point droit d'en conclure, que Dieu n'a pû avoir d'autre intention en créant les êtres intelligens, que de les rendre heureux. En effet, sur quel fondement donne-t-on ainsi à la bonté de Dieu, une espèce d'empire sur tous ses autres attributs, de

---

* Formey, I. *Lettre sur l'éternité des peines.*

façon que toutes les autres perfections de l'Etre suprême, ne deviennent que des miniſtres & des
agens ſubordonnés à la bonté ?
Toutes les perfections de Dieu,
étant infinies, ſont toutes égales :
étant égales dans leur nature,
elles doivent l'être dans leurs
opérations. Ainſi, lorſque Dieu
forma l'auguſte décret de produire des êtres qui exiſtaſſent hors
de lui, la bonté ſans doute influa
ſur ce décret ; mais la ſageſſe &
la juſtice y eurent auſſi part. Il
voulut manifeſter, non ſa bonté
ſeule, mais toutes ſes adorables
perfections. Ces vûes générales
ſont très-conformes à l'idée d'un
Etre ſouverainement parfait. Mais
ſi Dieu a créé l'homme pour manifeſter tous ſes attributs, la bonté n'eſt donc pas la ſeule de ſes
perfections, dont il exercera des
actes envers l'homme. Cet homme qu'il a créé, peut donc deve-

nir auffi l'objet de fa juftice ; puifque la juftice divine eft un attribut primitif, qui va de pair avec
les autres, qui entre dans les deffeins de Dieu, de concert avec
la fageffe & la bonté, & que fes
droits font auffi inaliénables que
les droits de ces deux dernieres
perfections.

* 3°. Au principe de la bonté
fubftituons *l'amour de l'ordre* : principe plus général & bien moins
arbitraire. Les idées de l'ordre
font diftinctes, & tout le monde
convient que les opérations de
l'Etre fuprême s'y rapportent. M.
Formey, dans fes mélanges philo-
fophiques, définit l'ordre ; *la conformité avec toutes les perfections
de Dieu, & avec le plan éternel
de fes ouvrages.* Dieu a tout créé
dans l'ordre qu'il avoit éternellement conçu. Dans le fyftême phy-

---

* Formey, 1. *Lettre fur l'éternité des peines*

fique, rien ne s'en écarte : il n'en eſt pas de même dans le ſyſtême moral. Dieu ayant créé des êtres libres, ils ont le pouvoir de ſuivre l'ordre, ou de s'en écarter. Quel eſt le principe par lequel Dieu agit envers ces êtres ſortis de l'ordre ? Il eſt naturel de dire que c'eſt l'amour de l'ordre ; alors toutes les perfections de Dieu opèrent. La ſageſſe cherche des moïens pour ramener les hommes à l'ordre : la bonté donne à ces moyens toute l'efficace dont ils ſont ſuſceptibles dans le plan que Dieu s'eſt propoſé. Mais Dieu ne voulant point donner atteinte à la liberté, ſi tous ces moïens échouent, la juſtice entre dans ſes droits ; elle punit, non par vengeance, mais parce que l'ordre le demande.

4°. Cette objection, *Dieu étant infiniment bon, ne peut condamner les créatures à des tourmens éternels;*

dans le fond, se réduit à celle-ci : *L'Infinie bonté de Dieu doit anéantir, ou du moins limiter sa justice*. Mais ces deux attributs n'ont rien de commun l'un avec l'autre. La bonté consiste à faire du bien : la fonction de la justice est de maintenir l'ordre, de rendre à chacun selon ses œuvres, par conséquent de punir les perturbateurs de l'Ordre, & les transgresseurs des loix divines. Ce sont deux perfections distinctes, & qui chacune ont leur empire séparé. D'ailleurs, une perfection de Dieu n'anéantit point l'autre. L'exercice de la justice ne doit pas être limité, & comme anéanti par celui de la bonté : l'une ne sçauroit enlever à l'autre ses objets. Enfin, quand une perfection de Dieu pourroit en limiter une autre, Dieu étant un être souverainement libre, il pourroit à son gré faire céder ou la justice à la bonté, ou la bonté à la justice. Or, ces deux perfections étant également infinies dans Dieu, Dieu ayant une égale liberté pour ces deux choix, la raison seule ne pourroit nous apprendre quelle est celle de ces deux perfections que Dieu a fait céder à l'autre. Nous ne pourrions sçavoir cela que par la Révélation ; mais cette Révélation nous apprend, que les bornes de notre vie sont les termes que Dieu a mis à sa bonté envers l'homme coupable, & qu'au-delà de ce terme fatal, l'homme devient tributaire de la justice, dans l'empire de laquelle il entre pour ainsi dire alors.

5°. Le Déiste prétend qu'on doit juger de la bonté divine par les idées communes que l'esprit humain se forme de la bonté. Mais d'abord, que répondroit-il, si nous lui soutenions, avec certains Philosophes, que l'homme ne peut avoir aucune idée des esprits, ni par conséquent d'un esprit éternel & infini ? Or, si on ne connoît point l'essence de l'Etre suprême, combien moins peut-on connoître ses attributs ? Cependant c'est ainsi qu'a pensé le fameux pere Malebranche qui, au jugement de Bayle lui-même, est un des plus sublimes esprits du dernier siécle. Tel est aussi le sentiment de Loke, qui occupe un rang distingué parmi les Philosophes modernes. Les hommes, aussi présomptueux qu'ils sont foibles, jugent des perfections infinies de l'Etre suprême, par analogie avec leurs vertus imparfaites : mais l'infini peut-il être apprécié, mesuré, combiné par le fini ? La foiblesse de l'esprit humain peut-elle déterminer jusqu'où les perfections infinies de Dieu peuvent étendre leur sphére d'activité ? Sommes-nous juges compétens pour ofer affigner leurs fonctions, regler leurs vûes, combiner leurs opérations, enfin pour ofer prononcer que la bonté de Dieu confifte néceffairement à agir de telle ou de telle manière ? Nous fçavons en général que Dieu eft bon, qu'il eft jufte, mais c'eft là que fe bornent nos connoiffances. Nous ignorons abfolument quelle eft la régle & l'étendue de ces perfections ; & nous l'ignorons, parceque les attributs de Dieu font infinis, & que les lumières de l'homme font bornées.

6°. Lorfque je foutiens que la raifon humaine eft trop foible pour déterminer ce qui convient réellement, ou ce qui eft oppofé aux attributs de l'Etre infini, je ne fais que foutenir le fentiment des plus fçavants hommes, de ceux même qui ont été les plus zélés défenfeurs de la raifon.

Voici comment s'exprime Bayle : * » Notre raison n'eſt propre
» qu'à brouiller tout , qu'à faire
» douter de tout ; elle n'a pas
» plutôt bâti un ouvrage , qu'elle
» vous montre les moyens de le
» ruiner. C'eſt une véritable Péné-
» lope qui , pendant la nuit ,
» défait la toile qu'elle avoit fai-
» te pendant le jour. Ainſi , le
» meilleur uſage qu'on puiſſe faire
» de la Philoſophie , eſt de con-
» noître qu'elle eſt une voie d'é-
» garement , & que nous devons
» chercher un autre guide , qui
» eſt la lumière révélée «. Le même Auteur dît encore : ** » Com-
» ment Monſieur le Clerc pour-
» roit - il condamner ceux qui lui
» diroient , qu'ils n'ont point d'i-
» dée de la bonté de Dieu , &

---

* Dictionnaire de Bayle , *art. Bunel.* page
740 , col. 1. Edit. Rotterdam 1720.
** Bayle, *Entretiens de Maxime & de Thémiſte.*
ſeconde Partie , pag. 122.

» que cependant ils croyent que
» Dieu eſt bon ? Je ne ferois
» point difficulté de lui avouer,
» non point que je n'ai aucune
» idée de la bonté de Dieu, mais
» que l'idée que j'en ai eſt impar-
» faite & confuſe, ce qui n'em-
» pêche pas que je ne croye que
» Dieu eſt bon. «

Et plus bas il ajoute : * » Tous
» les Théologiens ortodoxes nous
» apprennent, que, pour ſçavoir
» ſi une certaine conduite eſt une
» imperfection ou bien une per-
» fection à l'égard de Dieu, il faut
» conſulter la Révélation & l'ex-
» périence, & non pas les idées
» ſpéculatives que nous avons
» dans l'eſprit, qui nous trom-
» peroient à coup ſûr. «

Bayle n'eſt pas le ſeul qui ait
parlé ſi poſitivement ſur ce ſujet.
Jaquelot, ſçavant Miniſtre, tient

---

* pag. 123.

le même langage. Voici ses propres termes : * » La prééminence de Dieu » est infiniment au-dessus des créa- » tures ; de sorte que ce seroit » une folie aux hommes de pré- » tendre entrer dans toutes les » vûes de Dieu , & de vouloir » prescrire des régles à la Provi- » dence, conformes aux maximes » que les hommes observent en- » tr'eux , & par lesquelles ils sont » liés mutuellement «.

Jurieu, un des plus fameux Ministres de Hollande , est du même sentiment. Bien loin de penser que les notions communes doivent être suivies en matière de religion , il dit positivement : ** » qu'établir , pour principes de » Foi, les notions communes, » c'est livrer la Religion piés &

---

* Jaquelot, *Examen de la Théologie de Bayle*, pag. 312.
** Jurieu , *Religion du Latitudinaire* pag. 390.

poings

» poings liés, aux hérétiques &
» aux impies ; & que le princi-
» pe des Rationaux, felon lequel
» il ne faut rien croire fans évi-
»dence, conduit au pyrronifme
» & au déifme «.

* Saurin, ce Prédicateur célébre, fi connu par fa vafte érudition & par fon éloquence forte
& rapide, foutient de même que
la foible raifon de l'homme n'eft
point affez pénétrante, pour dé-
couvrir la conformité qu'il doit
y avoir néceffairement entre les
vérités éternelles & certaines
vérités révélées.

Luther, lui-même, ce génie
bouillant & audacieux, dont le
caractère emporté a rompu tous
les freins qui pouvoient captiver
fa fuperbe indépendance, a cependant refpecté ce frein que l'autorité met à la raifon humaine.

---

* Saurin, Tom. 1, pag. 201, 217 & 223.
Tom. 1. Serm. 2 Tom. 3, pag. 361.

Q

* » Si, dit-il, la justice divine
» étoit telle, que l'esprit humain
» en pût juger, elle ne feroit pas
» divine, & ne différeroit point
» de celle des hommes ; mais puif-
» que Dieu eft incompréhenfible
» à la raifon humaine, l'ordre,
» & même la néceffité, veulent
» que nous ne puiffions compren-
» dre fa juftice ».

* * Melanéton & Calvin, à l'oc-
cafion de la permiffion du péché,
prétendent, également que fi nous
ne pouvons la concilier avec les
attributs divins, nous devons
en accufer notre foibleffe & no-

---

* Luther, *de ferv. arbit.*, *cap.* 295, pag.
383, *Edit. Neuftad.* 1603 in-8°.

** *Et fi autem homines acuti multa hìc inextri-
cabilia colligunt, tamen nos omiffis præftigiis dif-
putationum, veram Sententiam toto pectore am-
plectamur, & teneamus teftimonia de eâ tradita
divinitus, etiamfi non poffumus omnes argutias
quæ opponuntur, extricare.* Melanéton, *in locis
Theol.* pag. 67. *Ed. Bafil.* 1555.

Calvin, *Traité de la prédeftination*, pag.
1431, *de fes opufcules Ed. de Geneve* 1611.

tre ignorance, fans vouloir vainement pénétrer des chofes que
Dieu a retirées dans le fein de fa
lumière inacceffible.

* Abbadie, dans fon ouvrage
immortel, de la vérité de la Religion chrétienne, ouvrage fi connu & fi digne de l'être, dit :
» Qu'encore que les miftères ayent
» un côté lumineux, ils font im-
» pénétrables à notre efprit, &
» qu'il n'eft ni fûr, ni permis, ni
» poffible d'en fonder la profon-
» deur «.

** Régis, auteur célèbre, en
paraphrafant la doctrine de Def-
cartes, fur la liberté de l'homme,
nous avertit d'éviter le dangereux
écueil de la plûpart des Philofophes, qui, ne pouvant réuffir à
comprendre les rapports qui font

---

* Abbadie, Tom 2, pag. 408.
** Régis, Sift de Philofoph., Tom. 1 Edit.
de Lyon 1691. in 12, ch 22 de la 2 Partie du
2 Liv. de la Méthaphifique, page 86.

Q ij

244 RÉFLEXIONS SUR LE POEME
entre notre liberté, & la prescien-
ce de Dieu , tombent dans des
opinions, ou sacriléges ou impies.

Jean le Clerc , dans ses fameu-
ses disputes contre Bayle , après
avoir mis tout en œuvre pour soutenir les droits de la raison humaine , & soumettre la révélation à l'évidence, a été lui-même
contraint, * suivant l'expression de
Bayle , de venir enfin sacrifier les
lumières de la raison , au pied du
trône de la majesté suprème de
Dieu.

Un des plus hardis écrivains
d'entre les Catholiques , & qu'as-
surément on ne peut accuser de
penser avec timidité, ** Simon ,
dans ses Lettres choisies , soutient
les mêmes principes.

---

* Bayle , *Réponse aux Questions d'un Provincial* , Tom. 4 , pag. 27 & 28 de la Réponse à
Mr. le Clerc.

* * Simon , *Lettres choisies* , Tom. 1 , pag.
55 de la 2. Edit.

* Nicole, cet homme d'une imagination si forte, dans un passage cité par Bayle avec éloge, dit : » Que c'est par la vérité des » dogmes qu'il faut juger s'ils sont » cruels, & non par ces vaines » idées d'une prétenduë cruauté, » qu'il faut juger de leur vérité. » Tout ce que Dieu fait ne sçau- » roit être cruel, puisqu'il est la » souveraine justice : c'est donc à » quoi nous devons borner tou- » tes nos recherches; & non pas » prétendre juger si Dieu a fait ou » n'a pas fait quelque chose, par » les foibles idées que nous avons » de la justice & de la cruauté «.

** Le fameux Docteur Arnaud, pénétré du même principe, parle très-vivement contre ces esprits téméraires qui prétendent juger

---

* Nicole, *De l'unité de l'Eglise*, Livr. 2. ch. 11, pag. 332 Ed. de Paris. 1687.
** Arnaud, *Réflexions sur le syst. du Pere Malebranche*, Tom. 2, pag. 236.

Q iij

par la raison, de ce qui est ou plus
ou moins digne de la sagesse de
Dieu.

Un des plus illustres Philosophes qu'ait produit la France,
un homme qui réunissoit l'esprit le plus délié avec les plus
profondes lumières, la raison la
plus solide avec l'imagination la
plus brillante ; Mallebranche reconnoît de même la foiblesse de
l'esprit humain ; il soutient * » que
» Dieu ne nous donne des idées
» que pour connoître les choses
» qui arrivent par sa conduite or-
» dinaire qui fait la nature, & que
» le reste nous est caché ; qu'ainsi
» il ne faut faire usage de son
» esprit, que sur des sujets propor-
» tionnés à sa capacité «.

Enfin, S. Augustin, que l'on
considére ici moins comme un

_____

* Mallebranche, *Recherche de la Vérité*, Liv.
5. ch. 8, pag. 431.

grand Docteur, que comme un ex-
cellent Philofophe ; S. Auguftin
défend la même cauſe, c'eſt-à-
dire, qu'un des plus grands eſprits
qui ayent paru parmi les hommes, avoue l'inſuffiſance de la
raiſon humaine. Voici ſes paroles : * » Vous cherchez des raiſons
» où l'Apôtre n'en a point trouvé ;
» mais pour moi je demeure ef-
» frayé de ce qui l'a effrayé lui-
» même. Je vous laiſſe donc rai-
» ſonner, mais pour moi je crois.
» Je vois un profond abîme, mais
» je n'arrive point juſqu'à en voir
» le fond. Si vous entreprenez de
» pénétrer ce qui eſt impénétra-
» ble, & de comprendre ce qui
» eſt incompréhenſible, arrêtez-

* Serm. 27. De verb. Apoſt. num. 7.

*Quæris tu rationem, ego expaveſco altitudi-
nem : tu ratiocinare, ego miror. Tu diſputa, ego
credam ; altitudinem video, ad profundum non
pervenio. Si inſcrutabilia ſcrutari veniſti, & in-
veſtigabilia inveſtigare veniſti, crede, nam pe-
riſti.*

» vous , & contentez-vous de
» croire , autrement vous êtes
» perdu«.

De toutes ces autorités réunies,
il s'enfuit que les hommes les
plus fçavans , même parmi les
Proteftans , dont le caractère eft
d'accorder beaucoup plus à la
raifon qu'à la Révélation , conviennent tous, que pour juger des
attributs de Dieu , & des myftères de la Religion qui y ont rapport , il ne faut point fe régler
fur les notions communes que
s'eft formées la raifon humaine ,
parceque ces idées font imparfaites , & que les attributs de Dieu
font infinis. Le Déifte ne doit
donc pas rejetter l'éternité des
peines , fous prétexte qu'il ne peut
la concilier avec les notions communes de la bonté & de la juftice.

7°. Si le Déifte s'obftine encore à juger de la bonté divine par
les idées naturelles que nous

avons de cette vertu, je lui démontre que son système s'écroule de lui-même, par les conséquences absurdes qui suivent de sa manière de raisonner; en effet, suivant les lumières communes de la raison, rien n'est si contraire à la bonté que la permission du mal moral & du mal physique. En consultant l'idée naturelle d'une bonté infinie, jamais le crime, jamais cette foule de maux, enfans & vengeurs du crime, ne devoient exister sur la terre. L'Etre infiniment bon, étant aussi infiniment puissant, avoit mille moyens de les empêcher. Cependant, le mal physique & le mal moral régnent sur notre globe. Une funeste & malheureuse expérience ne nous prouve que trop leur existence. Dieu les ayant permis, il faut donc qu'une telle permission puisse s'accorder avec sa bonté. Car, suivant l'expression de Bayle, *dans la conduite de*

Dieu , le fait entraîne le droit né-
ceffairement. Or , cette permiffion
eft entièrement incompatible avec
la bonté que les notions communes font connoître à la raifon humaine : ces notions communes ne
font donc point une régle jufte ,
& qui puiffe être appliquée à Dieu;
puifque fi elle étoit jufte , il s'enfuivroit, qu'une chofe qui exifte
réellement, ne pourroit point exi-
fter. Le Déifte , pour fe dérober
au coup inévitable que lui porte
ce raifonnement , eft obligé , ou
de nier l'exiftence du mal , ou de
dire que , fuivant les lumières de
la raifon , l'exiftence du mal eft
compatible avec une bonté infinie; voilà les deux feules reffour-
ces qui lui reftent. Qu'il choififfe,
s'il ofe , entre les deux.

8°. Il eft impoffible que le Déifte accorde , avec les notions
communes de la bonté , les peines de l'enfer, même paffageres.

En effet , suivant un raisonnement
de Bayle, * je demande au Déiste,
est-il conforme aux notions communes, qu'un Etre qui a un amour
tendre pour tous les hommes,
& qui leur destine à tous une éternelle félicité , leur fasse souffrir
les tourmens les plus douloureux
pendant cent millions de siécles ?
Sans doute sa raison se révolte-
ra contre cette idée , & il me
répondra que non. Je le contrain-
drai d'avouer la même chose à l'é-
gard de cent millions d'années ;
puis à l'égard de vingt millions ,
& puis à l'égard de cent mille ;
& ainsi de suite , jusqu'à ce qu'à
force de reculer , il soit réduit à
cinq ou six ans. Le Déiste ne sera
pas en sûreté dans ce dernier poste ; & quand il réduiroit l'enfer à
un quart d'heure de douleur , je

---

* Bayle, *Réponse aux Questions d'un Provincial* , Tom. 4 , pag. 45 de la Réponse à M.
le Clerc.

lui prouverois encore que ce supplice si court est contraire aux
idées naturelles que nous avons
de la bonté, & sur-tout, d'une
bonté infinie : car, suivant les
notions communes, un bon père,
un bon maître, un bon ami doivent, dès qu'ils le peuvent, délivrer du plus petit mal, l'objet
de leur amitié ; s'ils ne le font
pas, ou c'est par impuissance, ou
par caprice, ou par nécessité, pour
procurer à celui qui souffre, un bien
qu'ils ne pourroient lui procurer
autrement. Or, on ne peut rien
imaginer de semblable dans un
Dieu infiniment parfait. Il est
donc évident, que, suivant les notions communes de la bonté,
on seroit en droit d'en conclure,
qu'il ne peut y avoir pour les mé-
chans aucuns supplices, même
limités. Et alors, quelles horribles conséquences ne pourroit-
on pas tirer de cet affreux système ?

Mais permettons au Déiste de rentrer dans le poste dont nous l'avons chassé. Accordons - lui que, suivant les idées naturelles que nous avons de la bonté, des tourmens passagers peuvent s'accorder avec une bonté infinie. Cette supposition sera pour nous une nouvelle source de triomphes. Et voici comme je raisonne : Les attributs de la Divinité sont fixes & immuables ; ainsi, ce qui, pendant un temps, est compatible avec un attribut essentiel de Dieu, ne doit jamais cesser de l'être, tant que les mêmes raisons subsistent. Il est aisé de faire l'application de ce principe. Que le Déiste fixe lui-même la durée des peines : supposons, par exemple, un terme de cent ans. Selon le Déiste lui-même, la bonté de Dieu, pendant ce temps, subsiste donc, sans être blessée par les tourmens des créatures qui souffrent. Mais pourquoi cette même bonté ne pourroit-elle pas subsister également, pendant un supplice de deux cents ans, si la justice l'exige ainsi ? Et si cette seconde centaine d'années ne répugne point à la bonté, pourquoi la troisième y répugneroit-elle, si la justice l'exige encore ? & ainsi de suite pendant toute l'éternité. Car, dès qu'une chose est incompatible avec l'Etre infiniment parfait, la vertu qui forme son essence, empêche qu'il puisse faire cette chose, même dans un temps limité. Ainsi, par la raison des contraires, puisque, suivant le Déiste lui-même, il est compatible avec cet Etre souverainement parfait, qu'il punisse, dans un temps limité, ceux qui ont mérité d'être punis pendant un temps limité, il est aussi très compatible, qu'il punisse pendant toute l'éternité, ceux qui ont mérité de l'être ainsi.

J'ai donc prouvé deux chofes ; la premiere, qu'en fuivant les notions communes de la raifon, le Déifte ne peut concilier avec une bonté infinie des peines, même paffageres ; la feconde, c'eft que fi le Déifte accorde que des peines paffageres, dès qu'elles font méritées, ne répugnent point à la bonté de Dieu, il s'enfuit néceffairement que des peines éternelles, également méritées, ne répugneront point davantage à cette même bonté. Ainfi, de quelque côté que fe tourne le Déifte, il trouve par-tout un glaive à deux tranchans qui le perce & le divife avec lui-même.

Il eft inutile de s'arrêter davantage aux objections que l'on tire de la bonté. On croit les avoir fuffifamment détruites ; car elles ne font fondées que fur les notions communes de la raifon. Or, on a prouvé que ces notions com-

munes doivent être rejettées, lorfqu'il s'agit de juger de la conduite
de Dieu. On l'a prouvé, 1°. Par
la foibleffe de l'efprit humain &
l'immenfité de Dieu. 2°. Par l'autorité des plus fçavants hommes,
& en même-temps des plus fiers
partifans de la raifon. 3°. Par la
contradiction qu'il y a entre ces
notions communes & la permiffion du mal, tant moral que phyfique, dont l'exiftence cependant
ne peut être révoquée en doute.
4°. Parce que ces notions dé-
truiroient même les peines paffageres. 5°. Enfin parce que l'on
ne peut admettre les peines paffageres, fans être obligé d'admettre auffi les peines éternelles.

Je vais maintenant paffer aux
objections que l'on tire de la juftice. Je commence d'abord par
obferver que tout ce qui a été dit
fur les notions communes de la
raifon au fujet de la bonté, peut
de

de même s'appliquer à la Justice.
Tous les Attributs de Dieu sont
également au-deſſus de la Raiſon
humaine : ce principe une fois
établi, toutes les objections s'é-
croulent, n'étant appuyées que
ſur le principe contraire, qu'on
doit juger des Attributs de Dieu
par les vertus de l'Homme. Je
pourrois donc, contre les attaques du Déiſte, me tenir dans ce
retranchement, où il ne pourroit
jamais venir à bout de me forcer.
Voyons cependant ſi nous ne
pourrions pas trouver des armes
pour le combattre de plus près.

1°. On pourroit peut-être dire,
avec le Docteur Swinden & Til-
lotſon, ce célébre prélat d'Angleterre, qu'à proprement parler, la
proportion entre le crime & la
peine, n'eſt pas tant du reſſort de
la juſtice qu'une affaire de prudence, qui dépend de la ſageſſe du
Légiſlateur ; & la raiſon en eſt

claire; car la juſte détermination
des peines , dépend du rapport
qu'elles ont avec le grand but du
Gouvernement , qui eſt de faire
obſerver les loix. Pour remplir ce
but, il n'eſt pas néceſſaire qu'il y
ait une exacte proportion entre
le crime & la peine; il ſuffit que la
peine ſoit telle qu'il la faut pour le
bien public ; c'eſt-à-dire , qu'elle
ſoit capable, en imprimant une juſte terreur, de procurer, autant
qu'il ſe peut, l'obſervation des loix,
& d'empêcher que les hommes ,
ſéduits par leurs paſſions, ne ſoient
portés à les enfreindre : ainſi ,
toute punition proportionnée à
cette fin , n'eſt point injuſte. C'eſt
donc ſur cette fin qu'il faut meſurer l'éternité des peines. Or ,
je demande à cette foule d'hommes cruels , fourbes , dénaturés,
adultères , inceſtueux , ſacriléges
& parricides qui , tous les jours ,
inondent la terre de crimes; je

leur demande quelle impreſſion feroit ſur leurs eſprits la menace d'une punition bornée & paſſagere , puiſque , dans ces momens terribles de paſſions & de fureurs, ſouvent la crainte des peines éternelles ne peut arrêter leur farouche emportement : puiſque , ſuſpendus au - deſſus des abîmes éternels , par un fil qui peut ſe rompre à chaque inſtant , on voit ces hommes , dans une affreuſe ſécurité , éguiſer tranquillement le poignard qui doit égorger l'innocent. Que deviendroit donc le genre humain , ſi ce frein manquoit encore à ſa perverſité ? Une fatale expérience nous prouve que l'éternité des peines , quelque terrible qu'elle ſoit , n'eſt pas trop forte pour nous détourner du crime. Cette punition eſt donc proportionnée au but que s'eſt propoſé le Légiſlateur ſuprême, de prévenir , autant qu'il ſe peut , l'infraction de ses loix. Si elle est proportionnée à ce but , elle n'est donc point injuste. L'expérience , en prouvant sa nécessité , en démontre la justice.

2° Dieu ménace les créatures d'une peine éternelle , si elles sont coupables ; mais en même-temps , si elles sont vertueuses , il leur promet une éternelle félicité. Infini dans toutes ses perfections , les opérations qui en émanent , portent l'empreinte de l'Infini. Dieu ne dément jamais ce qu'il est : s'il punit en Dieu , il récompense en Dieu. L'équilibre de la justice est donc observé exactement , puisque le crime est puni de la même manière que la Vertu est récompensée , c'est-à-dire d'une manière infinie. La félicité promise aux Justes doit être la mesure des supplices réservés aux criminels : car l'Etre infiniment saint doit abhorrer le crime dans le même dégré qu'il aime la Vertu. Où est donc l'injuſtice, de menacer les hommes d'un ſupplice éternel, puiſqu'en même-temps on leur promet un bonheur, éternel dans ſa durée, infini dans ſon objet. » Vous trouvez bon, dit Mal- » lebranche, * que la récompen- » ſe éternelle porte le caractère de » la Divinité ; approuvez donc en » Dieu les rigueurs éternelles «.

3°. Dès le premier inſtant qu'une créature commence d'exiſter, elle eſt deſtinée à exiſter éternellement. Sa durée doit être infinie ; ſon ſort, éternel. Telles ſont les grandes deſtinées de l'Homme ; il a commencé d'être : mais, dès cet inſtant, égal à Dieu par la durée, il ne ceſſera plus d'exiſter. Mais ce préſent infini d'une éternelle exiſtence, nous l'avons reçu ſous deux conditions;

_____

* *Entretien ſur la Mort,* pag. 307.

R iij

l'une , que nous ferions éternellement heureux , fi nous étions vertueux ; l'autre , que nous fouffri-
rions des peines éternelles, fi nous
commettions le crime. Cet Arrêt terrible & confolant, objet
d'efpérance & d'effroi, nous eſt
annoncé. De cette immenfe éternité pendant laquelle nous devons
être , Dieu détache une portion
de temps , pendant laquelle il
nous place fur ce globe, pour
opter entre les deux forts qui nous
font propofés, Nous avons devant les yeux & la vie & la mort.
Nous connoiffons clairement les
conditions par lefquelles nous
pouvons obtenir l'éternelle félicité , & éviter le malheur éternel.
Ces conditions font poffibles par
elles-mêmes ; elles le deviennent
encore plus par la Grace : c'eſt à
nous de choifir ; Dieu lui-même
nous follicite à préférer l'éternelle félicité : il nous en preffe ;

la voix de fa bonté, cette voix
douce & puiffante fe fait fans ceffe entendre à notre cœur. Nous
rejettons obftinément le bonheur
qu'il nous préfente : il y a un fen-
tier qui conduit dans les éternels
abîmes ; nous y courons , avec
fureur , en infultant le Dieu qui
veut nous retenir. Ce Dieu fe jette au-devant de nous , pour nous
arrêter ; nous nous arrachons de
fes bras , pour nous élancer dans
l'abîme : nous y tombons , nous y
fommes engloutis , pour y rouler
éternellement ; & la porte de l'a-
bîme fe referme à jamais fur nous.
Or , je demande fi la juftice de
Dieu peut - être intéreffée à délivrer de femblables criminels de
leur fupplice : je demande fi de
tels hommes peuvent avoir quelque droit de fe plaindre de Dieu?
Quelque terribles que foient les
peines qu'ils fubiront , ils ne fouf-
friront jamais que ce qu'ils ont

voulu souffrir , que ce qu'ils on choisi par préférence : ils n'ont donc aucun droit de se plaindre.

4°. C'est une maxime reçue dans toutes les loix & dans tous les gouvernemens , que la grandeur d'une offense se mesure sur la dignité de la personne offensée. L'outrage commis envers un Etre infini est donc une offense infinie. Or , la justice exige qu'il y ait une proportion entre la peine & le crime. La peine doit donc être infinie : mais des êtres finis ne peuvent supporter l'activité toute puissante d'une force infinie : les peines ne pouvant donc être infinies en dégrés, doivent l'être en durée.

En finissant cet essai sur l'éternité des peines , on est obligé d'avouer que c'est un abîme qui absorbe, qui engloutit l'esprit humain. Rien de plus effrayant pour l'imagination. Nos yeux épouvantés se promenent avec effroi sur

la vaste immensité de cette mer
brûlante. Nous n'y découvrons
que des objets éternellement lu-
gubres , objets de défolation &
d'horreur ; une rouë immenfe
de douleurs, autour de laquelle
les hommes coupables tourneront
fans cesse, fans jamais trouver
le point où elle finit ; tel eft l'horrible tableau de l'éternité des peines. Mais quoi ! parceque cette
image eft affreufe, faut-il chercher à l'affoiblir ? Parcequ'u-
ne Vérité eft terrible , eft-ce une
raifon pour la combattre ? Ah !
fi les doutes qu'on peut former
fur l'éternité des peines, pouvoient
l'anéantir , je vous affermirois
moi-même dans vos doutes : je
louerois cet efprit d'humanité, qui
veut affranchir les hommes d'une
terreur aussi importune ; mais puifque les doutes ne peuvent rien
changer à cet événement terrible ;
puifque l'éternité, fi elle exifte,

subsistera malgré les efforts im-
puissans de votre Raison : la voix
de la sagesse , votre propre intérêt vous commande de prendre le
parti le plus sûr. Dans une incertitude, même égale , vous de-
vriez toujours agir comme si les
peines étoient éternelles. C'est
une loi que la prudence vous im-
pose ; vous ne courez aucun ris-
que en croyant ; mais si l'éternité existe, & que vous ne la croyez
pas , vous vous précipitez vous-
même dans des maux éternels.
Ainsi , pour vous résoudre à ne
point croire , il ne faut pas simplement des doutes frivoles , il faut
les raisons les plus décisives &
les plus triomphantes. Or , je
soutiens au contraire que vous
avez les raisons les plus fortes,
pour douter de la vérité de votre
sentiment. Ces raisons sont, 1°.
l'autorité de la Révélation qu'il
faut combattre & renverser, avant

d'établir votre fyftême , puifque l'éternité des peines eft un dogme révélé. 2°. Si vous recevez la Révélation ; l'autorité des Livres faints , où l'on trouve un grand nombre de paffages dont le fens ne peut être équivoque, & qui , tous , établiffent avec la dernière évidence l'éternité des peines , ainfi que l'éternité des récompenfes 3°. L'autorité de dix-fept fiécles , pendant lefquels l'Eglife entière , & tout ce qu'il y a eu de grands hommes dans l'Eglife , a toujours cru l'éternité, & interprêté de la même façon les paffages des Livres Saints fur ce fujet. 4°. La foibleffe de l'efprit humain , qui , limité par des bornes fi étroites , ne peut être un juge compétent pour déterminer jufqu'où doit s'étendre la bonté de l'Etre fuprême, & à quel point doit s'arrêter fa Juftice. 5°. L'impoffibilité de connoître par la Raison, quelle eft la peine proportionnée à une offenfe commife envers un être infini. Car, on ne peut connoître l'étendue de l'offenfe fans connoître la grandeur de l'être offenfé ; or, il n'y a que Dieu qui fe connoiffe lui-même, Dieu eft donc le feul qui puiffe décider de cette proportion.

Puifqu'il y a de fi fortes raifons pour l'éternité des peines, vous devez du moins douter fi les peines font éternelles ou non ; & dès lors que vous doutez, fi vous êtes un homme fage, vous devez régler votre conduite fur cette éternité terrible, comme fi vous étiez fûr qu'elle exifte. Mais, fi, malgré ces raifons de douter, prenant le parti téméraire de ne point croire, vous laiffez flotter entre les mains du hazard, le fort de votre deftinée éternelle, bien loin de retrouver, dans une telle conduite, cette Raifon dont vous êtes si fier , & que vous faites tant valoir contre les droits du Tout-puissant, je ne vois , dans cette affreuse indifférence , qu'un mon-stre qui m'étonne & m'épouvante.

APPROBATION.

J'AI lû , par ordre de Monseigneur le Chancelier , un Manuscrit qui a pour titre : *Réflexions sur le Poëme de la Religion naturelle.* Je l'ai trouvé très-conforme aux bonnes mœurs , à la Foi, & aux saintes maximes du Christianisme. A Paris , ce , Août 1756. MILLET.

PRIVILEGE DU ROI.

LOUIS, PAR LA GRACE DE DIEU, ROI DE FRANCE ET DE NAVARRE, A nos Amés & féaux Conseillers , les Gens tenans nos Cours de Parlement , Maîtres des Requêtes ordinaires de notre Hôtel, Grand-Conseil, Prévôt de Paris, Baillifs, Séné-chaux, leurs Lieutenans Civils , & autres nos Justiciers qu'il appartiendra : SALUT. Notre Amé JEAN-THOMAS HÉRISSANT, Li-braire à Paris, ancien Adjoint de sa Com-munauté, Nous a fait exposer qu'il désireroit faire imprimer & donner au Public un Ouvrage qui a pour titre : *Réflexions littéraires & phi-*

losophiques *sur le Poëme de la Religion Naturel-*
l , par M. de V** s'il nous plaisoit lui accorder nos Lettres de Permission pour ce nécessaires : A CES CAUSES, voulant favorablement
traiter l'Exposant, Nous lui avons permis
& permettons par ces Présentes, de faire
imprimer son Ouvrage autant de fois que
bon lui semblera, & de le vendre, faire
vendre & débiter par tout notre Royaume,
pendant le temps de trois années consécutives,
a compter du jour de la date des Présentes.
Faisons défenses à tous Imprimeurs, Libraires
& autres personnes de quelques qualité & condition qu'elles soient, d'en introduire d'impression étrangère dans aucun lieu de notre
obéissance ; A la charge que ces Présentes
seront enregistrées tout au long sur le Registre de la Communauté des Imprimeurs &
Libraires de Paris, dans trois mois de la
date d'icelles; que l'impression dudit Ouvrage
sera faite dans notre Royaume, & non ailleurs, en bon papier & beaux caractères,
conformément à la feuille imprimée attachée
pour modéle sous le contrescel des Présentes ;
que l'Impétrant se conformera en tout aux
Réglemens de la Librairie , & notam-
ment à celui du 10 Avril 1725 ; qu'avant
de l'exposer en vente, le Manuscrit qui
aura servi de Copie à l'impression dudit
Ouvrage, sera remis dans le même état
où l'Approbation y aura été donnée , ès mains
de notre très-cher & féal Chevalier Chancelier de France , le Sieur DE LA MOIGNON ;
& qu'il en sera ensuite remis deux Exem-
plaires dans notre Bibliothéque publique ,

un dans celle de notre Château du Louvre ; un dans celle de notre-dit très-cher & féal Chevalier, Chancelier de France, le sieur DE LA MOIGNON, & un dans celle de notre très - cher & féal Chevalier, Garde des Sceaux de France, le sieur DE MACHAULT, Commandeur de nos Ordres : le tout à peine de nullité des Présentes ; du contenu desquelles vous mandons & enjoignons de faire jouir ledit Exposant & ses ayans causes, pleinement & paisiblement, sans souffrir qu'il leur soit fait aucun trouble ou empê- chement. Voulons que la Copie des Présen- tes, qui sera imprimée tout au long au commencement, ou à la fin dudit Ouvrage, foi soit ajoutée comme à l'Original. Comman- dons au premier notre Huissier ou Sergent sur ce requis, de faire pour l'exécution d'icelles, tous Actes requis & nécessaires, sans de- mander autre permission, & nonobstant clameur de Haro, Chartre Normande, & Lettres à ce contraires : Car tel est notre plaisir : DONNÉ à Fontainebleau le hui- tiéme jour du mois de Novembre, l'an de grace mil sept cent cinquante-six, & de notre Regne le quarante deuxiéme. Par le Roi en son Conseil. *Signé*, LE BEGUE.

Registré sur le Registre XIV de la Cham- bre Royale des Libraires & Imprimeurs de Paris, Nº 101 fol. 101, conformément aux anciens Réglemens, confirmés par celui du 28 Février 1723 : A Paris le 12 Novembre 1756.

Signé, P. G. LE MERCIER, Synaïc:

ERRATA.

Page.	Ligne.	Au lieu de	Lisez.
119	6	les	ces
119	18	la	le
121	17	qui	qu'il
121	19	fá	la
160	18	&	ainsi que
171	1	dreffées	fondées
194	18	l'homme	homme
198	10	la	fa
198	12	les	ces
202	6	la	fa
207	12	conte très-familier	conte familier

De l'Imprimerie d'Aug. Mart. LOTTIN.

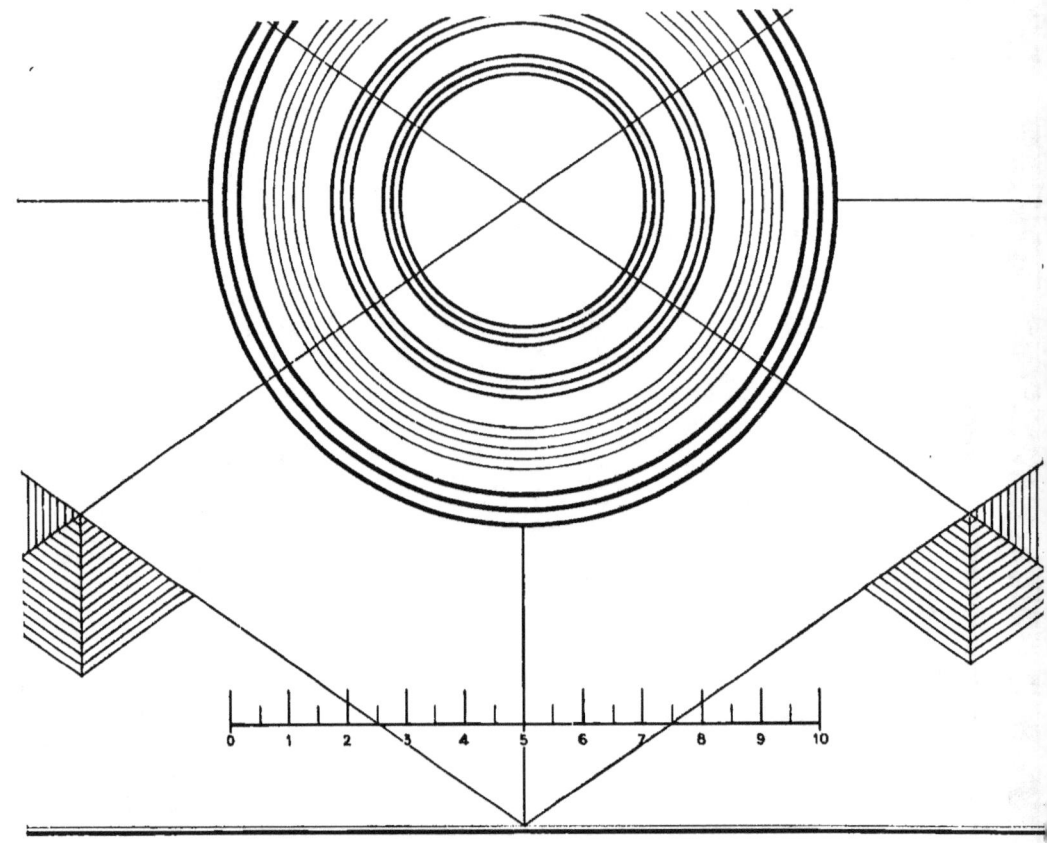

SERVICE   PHOTOGRAPHIQUE